ヴァルター=
ベンヤミン

ベンヤミン

●人と思想

村上 隆夫 著

88

CenturyBooks 清水書院

はじめに――ベンヤミンの奇妙な印象

ヴァルター＝ベンヤミンという作家が眼にとまった時、彼の風貌が強烈な印象を与えた。彼の著作集の表紙に印刷されてあった肖像写真は、喜劇俳優のグルーチョ＝マルクス（一八九五～一九七七）と革命家レオン＝トロツキー（一八七九～一九四〇）とを合体させたような風貌を現していた。そして彼の著作を読んでいくうちに気づいたことは、最初のこのかなり風変わりな印象はさほど的はずれだったわけでもないということであった。

すでに何度も指摘されてきたように、ベンヤミンという作家は、その全貌をとらえるのがきわめて困難な作家である。ベンヤミンは、彼が行う批評を魔術や錬金術に似たものとみなしていたが、そのせいもあってか、彼には、「どことなく魔術師めいたところがあり」、秘密に満ちたところがあった。彼は、「度はずれた秘密主義」をもって生活し、「総じて私的なことがらを何もかも秘密にしていた」が、彼の文体もまた秘教的であって、たやすく理解されないように書かれていた。また、「秘密を好んだかれは、できるかぎり友人たちを互いに遠ざけておき」、彼らが相互に関係をもつことを妨げてきたが、それと同じように、「ぼくが同時に企てる仕事の、あきれるばかりの多様性」

を自慢していた彼の作品もまた、支離滅裂な印象を与えるように配列されていて、統一的に理解するのが困難なのである。グルーチョ＝マルクスは、一見まともな意味をもっているようにみえるが、実は非合理《ナンセンス》な言説を弄《ろう》して相手を煙に巻く詐欺師的役柄を得意としたが、シュルレアリストたちから高く評価された彼の演技は、ベンヤミンの著作にどこか似ているのであった。さらにベンヤミンは批評を革命に結びつけるマルクス主義者でもあったが、この点では彼の秘密主義は、武装蜂起の陰謀を密かに計画する革命家トロツキーの流儀にもどことなく似ていた。

このようなわけで、ベンヤミン像は、矛盾した、超現実主義的《シュルレアリスティック》なものである。生前のベンヤミンを個人的に知っていたハンナ＝アーレントの次のような文章は、その代表的なものと言える。すなわち「……かれの学識は偉大であったが、しかしかれは学者ではなかった。かれの論題には原典とその解釈に関するものが含まれていたが、言語学者ではなかった。かれは宗教ではなく神学に、また原典自身を神聖なものとみなす神学的な型の解釈に強くひきつけられていたが、神学者ではなかった……。生まれながらの文章家であったが、一番やりたがっていたことは完全に引用文だけからなる作品を作ることであった。かれはプルースト……とサン＝ジョン＝ペルスを翻訳した最初のドイツ人であり、またそれ以前にボードレールの『巴里《パリ》風景』を翻訳していたが、翻訳家ではなかった。書評を行い、また存命中の作家についても死亡した作家についても数多くのエッセイを書いたが、文芸評論家ではなかった。ドイツ－バロックに関する書物を著し、また一九世紀フランスについての膨大な未完の研究を遺したが、文学史家でも、あるいは何か他の分野に関する歴史家でもなかった。……かれは詩人でも哲学者でもなかった」。

本書においては、ベンヤミンの生涯と作品が遺した断片をジグソー－パズルのように組み合わせて、何とかして彼の生涯と思想を統一したひとつの全体にまとめて提示しようと試みた。そしてその際に、彼の多岐にわたる仕事のすべてをできるかぎり洩《も》れなく論ずるよう心がけた。その際の導きの糸となったのは、次の二つの基本的な事実である。まず第一に、一八九二年に生まれて一九四〇年に死んだユダヤ系のドイツ人として、ベンヤミンは、歴史上最も苛酷な時代を生きた人物であった。彼の生涯を決定的に彩っているのは、没落と破局の不気味な暗い影である。この時代のドイツにおけるユダヤ人の運命を理解して、これに共感するには、われわれ日本人の歴史的経験をもってしてはほとんど不可能なほどに厳しい運命が、ベンヤミンをはじめとして、この時代のこの地域のユダヤ人たちを捉えている。第二にベンヤミンは、この時代のこの地域のユダヤ人の作家たちのうちでも、この歴史的な運命が最も深く刻印されている作家である。しかも彼は、今世紀の中部ヨーロッパが経験した未曽有の没落と破局を個人的にも最も深く体験することによって、その絶望のなかから自らの思想を紡ぎ出していった。この意味では、彼の生涯と思想は決定的に悲劇的なものである。

ひとつの家族が没落し、ひとつの階級が没落し、ひとつの文明が没落する過程から、ベンヤミンは自らの思想をかたちづくった。時間の流れとともに失われていくものに対する彼の眼差しが痛切であればあるほど、彼によって書きとめられたことがらは、限りなく美しいものとなった。彼のすべての著作のうちには、かつての幼年時代の、いつ果てるとも知れぬ長い午後の、木洩《こも》れ日のなかの風景のようなものがかすかに揺らめいており、記憶のなかのこの風景に対する焼けるような愛惜の感情が流れている。ベンヤミンの著作が、その恐るべき難解さにもかかわらず、読者の琴線に触れるものをもち、偏愛的な読者をもつのは、彼の思想のこのような性格のためである。この点から言えば、現代日本の作家で、ベンヤミンの感性と響き合う感性をもった作家として思い浮かぶのは、江戸川乱歩（一八九四～一九六五）、稲垣足穂（一九〇〇～七七）、三島由紀夫（一九二五～七〇）といった作家たちである。彼らもまた、戦争によって失われたかつての古きよき世界への郷愁《ノスタルジア》を自らの文学の基礎に置いていた作家であった。

本文中の引用の出典については、巻末の参考文献を参照されたい。邦訳のあるものからの引用は、アドルノの『ヴァルター・ベンヤミン』を除いて、すべて邦訳書から引用させていただいた。なお引用した訳文には若干の変更を加えた場合もある。

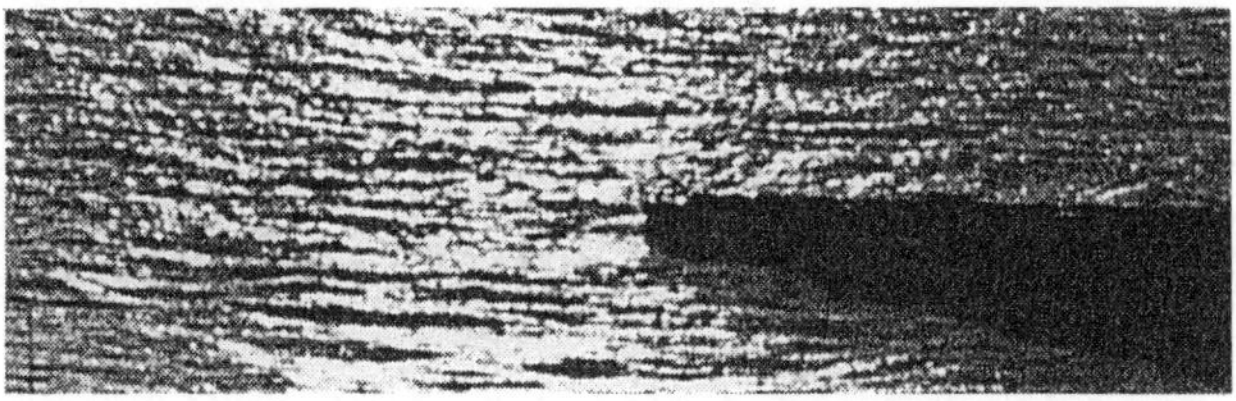

目次

大西洋
北海
ノルウェー
スウェーデン
フィンランド
ヘルシンキ
オスロ
デンマーク
ストックホルム
リガ
ソ連
イギリス
アムステルダム
オランダ
スヴェンボル
コペンハーゲン
ロンドン
西ドイツ
東ドイツ
ポーランド
ベルリン
ワルシャワ
チューリンゲン地方
パリ
フランクフルト
プラハ
フランス
フライブルク
ヌヴェール
ミュンヘン
ウィーン
ブダペスト
ポルトガル
ベルン
マルセイユ
ジュネーヴ
スイス
ヴェネツィア
ルールド
サンレモ
スペイン
セルベール
ニース
イタリア
オーストリア
リスボン
マドリード
ポルーボウ
バルセロナ
ローマ
ナポリ
地
イビサ島
カプリ島
中
海
0 200 400km

ベンヤミン関係地図

I　ベンヤミンの生涯

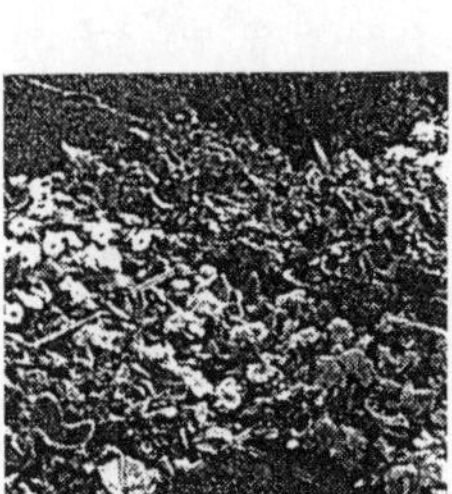

ベルリンの幼年時代

ビスマルク帝国の黄昏《たそがれ》

ヴァルター＝ベンヤミン(Walter Benjamin)は一八九二年七月一五日にドイツのベルリンで生まれた。彼が生まれた頃のドイツは歴史の曲がり角に来ていた。一八六二年にプロイセンの首相となったビスマルク（一八一五〜九八）によって創られたドイツ帝国は、ちょうどその頃、繁栄の頂点にあった。ドイツの産業は急速に発展して、イギリスと肩を並べるようになっていた。プロイセンの首都からドイツ帝国の首都となったベルリンは、巨大な銀行や商社が集中する世界的な大都市に変貌していた。そしてこの繁栄のなかで帝国の危機が徐々に表面化してきた。すなわち近代的な工業国家であったドイツ帝国においては資本家階級と労働者階級の力が増大してきており、帝国議会では自由主義政党と社会主義政党が圧倒的多数を占めるようになっていた。しかしドイツ帝国はこのような議会にふさわしい政府をもたなかった。ドイツ帝国政府とは、実はプロイセンの政府であって、プロイセン国王がドイツ帝国皇帝を兼任し、帝国宰相に行政権を委託していたのである。そしてこのプロイセン国家は、ユンカーと呼ばれた地主貴族階級に支配された封建的な君主国だったのである。こうしてドイツ帝国においては封建的な地主貴族階級が近代的な工業国家を政治的に支配していたわけである。このような矛盾した不安定な政治体制は、一八九〇年にビスマルクが政治的に失脚するとともに、いよいよ揺らぎはじめた。一八八八年に皇帝となったヴィルヘルム二世は、この政治的な危機を軍事膨張政策によって切り抜けようとした。こうしてベンヤミンが生まれた翌年には、新兵役法にもとづいて陸軍の増強が始まり、これに対抗して一八九四年にはロシアとフランスが同盟を結んだ。さらに一八九八年には第一次艦隊建造法にもとづいて海軍力の増強が始まり、イギリスとドイツの間で軍艦建造競争が開始された。ベンヤミンが生まれた頃、第一次世界大戦の戦雲がようやく歴史の地平線に現れてきた。

ベンヤミン家の人々

ベンヤミンは、エミール＝ベンヤミンとパウリーネ＝ベンヤミン（旧姓シェーンフリース）の長男として生まれた。彼が生まれて三年後の一八九五年には弟のゲオルクが生まれ、さらに一九〇二年には妹のドーラが生まれている。ベンヤミン家は、フランスに近い西部ドイツのラインラント地方出身の商人の家柄であり、母方のシェーンフリース家は、東プロイセン出身の家畜・穀物販売業者の家柄であって、いずれも祖父の代にベルリンに移住していた。

ビスマルク

両親と弟とともに

ベンヤミンの父親は資本家であって、美術品競売所の共同経営者をしていた。「子どもの頃のわたしには、父が競売にさいして打ち振る木槌のイメージが最大の印象を与えた」と彼は回想している。さらに彼の父親は、「医薬百貨店」の「監査役」をしたり、建設会社に投資したり、ワイン販売業に投資したりしていた。したがってベンヤミンは、「富裕なブルジョワの家に生まれた子ども」であって、恵まれた幼年時代を過ごした。彼の家は、富裕な人々の邸宅が並ぶベルリンの西部地区にあり、家には女中がいて、さらにポツダムとノイバーデスベルクには夏の別荘があった。豊かな家庭環境が彼を包んでいた。「子どもの頃、わたしは旧い山の手《ヴェステン》と新しい山の手の囚われ人だった。わたしの一家眷族《けんぞく》は、当時この両地区に、不気嫌と自尊との入り混じった態度で暮らしていた。そんな態度によってこの両区は一種のゲットーとなり、かれらはそれをおのれの封土と見なしていた。こういう有産者たちの住宅地に閉じ籠められて、わたしはほかの街を知らなかったのである。」

ベンヤミンの家系はユダヤ人の家系であった。ちなみに述べれば、ベンヤミンという名前はユダや民族の歴史のなかではきわめて早く現れてくる。『旧約聖書・創世記』によれば、最初の人類とされるアダムから数えて二三番目、すなわち大洪水の際に生き残ったノアから一三番目、アブラハムから四番目の子孫にベンヤミンという名前の人物が登場する。ただし恵まれた生活をしていたベンヤミン家はキリスト教社会と同化しており、クリスマスには大きなクリスマス－ツリーを飾っていた。このような家庭環境のためにベンヤミンは、シオニズムのようなユダヤ民族主義に対してはつねに批判的であった。後になると彼は、自分が「モーゼの宗旨である」ことをますます強く意識するようになり、『旧約聖書』における古代ユダヤの予言者たちの役割に似た役割を演ずるようになるが、それでも彼はつねに自分がヨーロッパの市民階級《ブルジョワ》の一員であると感じていた。

幼年時代の楽園《エデン》

ベンヤミンは一九二〇年代の終わりから三〇年代の初期にかけて子ども向けのラジオ番組の放送原稿を書いたことがあるが、そのなかで彼は次のように語っている。「ひとりの子どもが大都会と大へん調和的に、幸福に結ばれて成長するということ、だからその後、この子ども時代の生活を記憶に呼びもどすことが成人した男にとって確かな歓びであるということは、そうやたらにあることではない」と。そしてベンヤミン自身はこの稀な例に属していた。一九三二年から三八年にかけて書かれて、戦後になって出版された『ベルリンの幼年時代』と『ベルリン年代記』のなかで彼は、大都会ベルリンにおける子ども時代を深い愛情の念をもって回顧している。そしてこの時期は、ドイツの市民階級《ブルジョワ》が平和で安定した日々を過ごしていた古きよき時代の最後にあたっていたのである。

『旧約聖書・創世記』に出てくる太古の楽園《エデン》は、外の世界から隔絶された幸福な空間であったが、幼年時代についてのベンヤミンの回想のなかでは、このような閉ざされた空間を懐かしむ感情が随所に見られる。ベンヤミン家があったベルリンの西部地区はそのような空間であり、また彼が育った邸宅においては、中庭がそのような楽園《エデン》であった。「生まれてまもない嬰児《みどりご》に、目を醒《さ》まさせないで乳房をふくませる母親のように、人生は長いあいだ、幼年時代のいまもやさしい思い出を育《はぐく》んでいる。わたしの場合、さまざまな中庭を眺めることほど、その思い出を生き生きと蘇《よみがえ》らせてくれたものはない」と彼は述懐している。

中庭やゲットーのような閉鎖的な空間に懐かしさを感ずるベンヤミンは、一般に小さくて完結した世界に対して偏愛趣味をもっていた。彼は、ベルリンにあった皇帝パノラマ館を見てまわることが好きであったし、レーマン叔母さんの家にあった、「動いている鉱山をそっくり仕掛けた大きなガラス製の立方体」を眺めて飽きることがなかった。そして後に彼はパリで、「内部に雪が降りしきっているように見えるすばらしいガラス玉を買った」ことを友人に嬉々《きき》として報告するし、親友のゲルショム＝ショーレム（一八九七〜一九八二）をパリのクリュニイ美術館まで引っ張っていき、ユダヤ教の信仰告白がびっしりと書き込まれた二粒の小麦を夢中になって見せたのである。

そしてベンヤミンは、このような小宇宙《ミクロ・コスモス》のなかにできれば閉じ籠ってしまいたいと思ったのであった。画家が自分の描いた絵のなかの一軒の家のなかに消えてしまうという中国の物語がベンヤミン少年を魅了した。後に、このように閉じ籠ることのできる小さな空間を彼に実際に提供したのは斜面机であった。近視と診断されたベンヤミンのために眼鏡とともに作られた斜面机に、彼は自分だけの幸福な空間を見出したのであった。「……わたしが荒涼とした一日の授業を終えて、ようやく斜面机に帰りつくと、それはすぐさま、すがすがしい気力をわたしに贈ってくれた。わたしは文字どおりアットホームな気持ちになれた。いや、それればかりではない。中世の画のなかで、さながら鎧《がい》冑《ちゅう》に身を包むごとく祈禱《きとう》台や書見台をかかえ込んでいる修道僧だけが知っていたような、殻のなかに籠るあの感じになれるのであった。」このように閉ざされた空間を求めるベンヤミンの感情は、幼年時代の幸福な歳月の記憶にもとづいている。そして彼は、このような閉鎖された空間のうちで最も根源的なものは母親の子宮であることを示唆している。

学校嫌いのベンヤミン

ベンヤミンは一九〇二年に九年制の高等中学校《ギムナジウム》に入学した。それまでの彼は、裕福な家庭の子弟だけからなる私的なクラスで私的に教育されてきたが、一〇歳になったこの年から学校に通うことになった。そして彼はこの学校生活にどうしてもなじむことができなかった。近代社会においては、ひとが子どもの頃の楽園《エデン》から追放されたと感ずるのは、学校に入学して社会生活の規律を最初に叩き込まれる時であるが、ベンヤミンにとっては学校へ行くことは特に楽園喪失を意味していた。「わたしは学校の懲罰の古風な形態——鞭での殴打とか座席の取替えとか放課後の居残りとか——を下級の学年でしか経験したことがなかったけれども、その後何年ものあいだ、これらの懲罰によってわたしの周囲に張られた恐怖と呪縛の輪は、ついに解けることはなかった。」彼はこのように回想している。そのようなわけでベンヤミン少年は遅刻と欠席の常習者であった。よく病気になった彼は、学校に行かずにいつまでも寝床のなかにいて、空想の世界に浸っていた。そしてそんな時の彼は、ベッドの脇の壁に影絵をつくって遊ぶことに没頭したのであった。何とかして学校という現実の社会に行きたくないというのが、少年時代の彼の願いであった。冬の朝、女中が寝室にやってきて暖炉の凹みにりんごを投げ入れて焼きりんごをつくる時、ベンヤミン少年は、りんごの焼ける甘酸っぱい匂いを暖かな寝室のなかでいつまでも嗅ぎつづけていたいと願い、学校へ行かずにベッドに寝ていたいと願ったのであった。冬の朝のこの願いについて彼は次のように回想している。「……学校に着いて自分の椅子に腰かけると、ようやく消しとんだかと思われたあの疲れが、十倍にもなって戻ってきた。そしてそれといっしょに、もっと思いきり寝ていられたらというあの願いが。その願いごとを、たぶん千度もわたしはしただろうが、のちになってそれは実際にかなえられたのである。とはいえ、わたしが地位と、したがって確実なパンとにかけた希望が、その都度いつも虚しかったという事実のなかに、わたしの願いごとの成就を認知するまでには、なおながい時が必要だった。」冬の朝の願いについてのこの文章は、ベンヤミンのその後の生涯を理解する際のひとつの鍵を提供するものである。

半歩遅れて歩く

子どもを楽園《エデン》から追放して社会生活に適応させるための訓練は家庭でも行われるが、これに対してもベンヤミンは抵抗した。あちこちを眺めながらのんびりと歩くベンヤミン少年に対して、母親は、「きちんと前を向いて、もっとちゃんと歩きなさい」といつも注意したが、彼はこのような歩き方を変えようとはしなかったのである。それは、大人になって社会生活の規律に自分を順応させることを拒否しようとする彼の抵抗のひとつの現れであった。彼は次のように回想している。「ごく些細《ささい》な手伝いや身ごなし方まで、わたしが実生活に適しているかどうかのテストにしようとした母の性癖のおかげで、めったに足を踏み入れたことの都市《シティー》の街をいっしょに歩くさい、わたしはあの夢想的なレジスタンスをするようになった。だがこのレジスタンスのおかげで、そのうちのいくばくかは知らないが、いまも都会の街にたいするわたしの附き合い方の基本になっているものを得たのだ。とくに、実際に把えているものの三分の一も見ていないふうをする目の配り方を。また、わたしは思い出す、街を歩いてゆくさい、わたしがいつもきちょうめんに半歩だけ遅れてゆくことくらい、母をいらだたせたものはなかったのを。」夢みるようにゆっくりと遊歩しながら街を歩くというベンヤミンのこのような習性が、後になって彼をフランスの詩人ボードレール（一八二一～六七）に結びつけることになった。ボードレールもまた一九世紀のパリの街を同じようにのんびりと歩き回った遊歩者であったとベンヤミンは考え、ボードレールの思想に共鳴するのである。

やがて過ぎ去っていったこの幸福な幼年時代と、世紀の変わり目の頃の古きよきベルリンの風景は、後のベンヤミンにとって永遠の郷愁《ノスタルジア》をそそる対象となった。「幸福は喪失から生まれる／永遠なのは失われたものだけだ。」彼は一九一三年の書簡にそう書いているが、それは彼の幼年時代についての感慨に他ならない。

青年運動と戦争の時代

すでに述べたように、ベンヤミンは一九〇二年にベルリンのフリードリヒ‐ヴィルヘルム‐ギムナジウムに入学したが、学校生活に適応できなかった。そこで両親は、三年後の一九〇五年に彼を転地療養のためにハウビンダ田園教育施設に送り、彼はここで二年間を過ごした。このために彼は高等中学校《ギムナジウム》の卒業を一年遅らせることになった。このハウビンダ学園は、現在の地図ではチェコとの国境に近い東西両ドイツの国境地帯に位置するテューリンゲン地方にあった。そしてベンヤミンは、この学園を運営していたグスタフ＝ヴィネケン（一八七五～一九六四）に出会って、彼の思想に強い感銘を受けた。

ヴィネケンとの出会い

グスタフ＝ヴィネケンは、当時のドイツで推進されていた青年運動の指導者であった。この青年運動は、一九世紀末から始まったワンダーフォーゲル運動と結びついたものであって、都会をはなれて豊かな自然にかこまれた野外生活をおくることが、青少年の成長にきわめてよい影響を及ぼすという考えによって導かれていた。ヴィネケンは、この運動の左派の指導者であって、ワンダーフォーゲルと学校とを合体させた「自由学校共同体《フライエ・シュールゲマインデ》」を構想して、ひとつの実験校をつくり、さらに雑誌「出発《アンファング》」を出版して、自らの教育改革思想の普及につとめていた。既成の学校教育に絶望していたベンヤミンは、ヴィネケンの指導するこの青年運動左派に属して、一九一〇年から「出発《アンファング》」誌に詩や論文を発表しはじめた。さらに一九一二年になると彼は、青年運動の一環として、青年問題を語り合う施設である「談話室《シュプレヒザール》」を友人たちとともにベルリンにつくり、その中心メンバーとして活動しはじめた。またこの頃からこの「出発《アンファング》」派は、結婚という社会的規律に縛られぬ、男女の自由なエロス的関係を模索しはじめた。そして男女共学制度の開拓者でもあったヴィネケンの指導のもとで展開された、この急進的なエロスの解放の思想は、後のベンヤミンの思想に大きな影響を及ぼしたのである。

大学でのベンヤミン

一九一二年に高等中学校《ギムナジウム》を卒業したベンヤミンは、この年にフライブルク大学に入学した。このフライブルクは、スイスとの国境に近く、緑豊かなシュヴァルツヴァルトの森に囲まれたアルプス北麓の美しい街であった。このフライブルクで彼は、詩人のフリードリヒ＝C＝ハインレ（一八九五〜一九一四）と一九一三年に出会い、二人は青年運動をつうじて親友となった。すでに一九一二年の冬にいったんベルリンへ戻って、そこで「談話《シュプレヒ》室《ザール》」を創設していたベンヤミンは、一九一三年になるとこのハインレとともにベルリン大学へ移籍して、ベルリンで青年運動を推進することになった。彼が友人たちと創設した「談話室《シュプレヒザール》」は、多くの青年たちを引きつけていた。したがってベンヤミンは、ベルリンへもどってその指導を行うことを要請されたのであった。そしてこの年の末からベルリンの「談話室《シュプレヒザール》」の運営方針と雑誌「出《アンフ》発《アング》」の編集方針をめぐって、「出発《アンファング》」の編集責任者ジョルジュ＝バルビゾンのグループとハインレのグループとの間で激しい論争が行われ、ベンヤミンもまたそれに巻き込まれた。バルビゾンらのグループが青年運動を政治的なものにしようとしていたのに対して、ベンヤミンは、ハインレとともに、この運動を政治から切りはなして、あくまでも純粋な青年文化運動として位置づけようとしていた。そして結局ベンヤミンは、ベルリンの「談話室《シュプレヒザール》」と「出発《アンファング》」誌から手を引くことになった。すでに第一次世界大戦が目前に迫っており、青年運動もまた国家や政治との関係を強めていたのである。この論争がまださかんに行われていた一九一四年の春に、ベンヤミンはベルリンの「自由学生連合 (Freie Studentenschaft)」の議長に選出された。この組織は、自由主義的な理想を掲げるゆるやかな学生組織で、「青年運動」派あるいは、「談話室《シュプレヒザール》」派はそのなかの急進派をなしていた。そしてここでも彼は幻滅を味わった。すなわち、「自由学生連合」を全く非政治的な組織にしようとする彼の提案は受け入れられなかったのである。そして一九一四年の八月一日がやってきたのであった。

青年運動との訣別

一九一四年の八月一日になってドイツは第一次世界大戦に突入した。ビスマルクが苦心の末に維持してきたヨーロッパの反動的な政治体制は、彼の死後一六年にして爆発した。動員令が発せられ、軍隊が前線に向けて出発するというあわただしい雰囲気のなかで、人々は、古きよき時代がいまや決定的に過ぎ去ろうとしていると感じていた。

ベンヤミンは、ベルリンで「談話室《シュプレヒザール》」を開くための部屋を仲間と共同で借りて、若者たちの宿《ハイム》としてこの部屋を運動の拠点としていた。八月の砲声が響きはじめる直前の時期のこの宿《ハイム》について、彼は次のように回想している。「……当時わたしたちが偶然に宿《ハイム》をかまえたこの空間的な位置は、今日からみれば、ブルジョワ的ベルリンの最後の真のエリートが占める歴史的位置を、もっとも厳密に象徴的に表現しているのである。かれらは、かれらの宿がラントヴェーア運河の急な斜面に近かったように、大戦の深淵に臨んでいた。かれらは、年金生活者の住むこの市区の家々がモアビートの家から隔てられていたように、プロレタリアの青年たちから鋭く分離していたのだ。そしてかれらは、……かれらの種族の最後の末裔《まつえい》だったのだ。」ビスマルクの帝国の枠組のなかでドイツの市民階級《ブルジョワ》は、帝国議会を通じてドイツを平和裡に近代化し、自由主義的にしていけると考えていた。そしてこの裕福な市民階級《ブルジョワ》の子弟によって担われていた青年運動もまた、彼らの両親の伝統的な価値観には反撥しながらも、高等教育を受けた社会的エリートである彼らの活動によって社会改革を行うことができると信じていたのである。第一次世界大戦は市民階級《ブルジョワ》のこのような幻想を吹き飛ばしたのであった。

ベンヤミンにこのことを痛切にさとらせ、青年運動の限界をまざまざと意識させるきっかけとなったのは、親友のハインレの自殺であった。ベンヤミンとともに青年運動に献身してきたハインレは、大戦勃発から一週間後の一九一四年八月八日に、時代に対する絶望からベルリンの宿《ハイム》でガス自殺を遂げた。この日を境にして宿《ハイム》は崩壊し、「談話室《シュプレヒザール》」の活動も停止し、青年運動は解体していった。裕福な市民階級《ブルジョワ》の子弟たちの運動としての青年運動は、彼らの親たちが属していた市民階級《ブルジョワ》に実は完全に依存していた。そしてこの階級がドイツの未来を担いうるという幻想が戦争の勃発によって打ち砕かれるやいなや、青年運動もまたその幼稚で見すぼらしい正体をさらけ出したのである。「何にたいして皮肉をいおうと、苦痛ばかりが深まさる。……だってぼくらはみな、ラディカリズムがあまりにも身ぶりばかりだったことを……意識しているのだから。」彼は二か月後の書簡にそう書いている。ハインレの死はベンヤミンの心に癒《いや》しがたい傷を残した。ハインレが自殺した宿《ハイム》のあった地区は、それからのベンヤミンにとっては、つねに辛く苦《にが》い思い出を呼び醒《さ》ます場所となった。「現在この市区の街を通ると、わたしは、もう何年も上がったことのない屋根裏部屋に足を踏み入れるときと同じような胸苦しさを覚える」と、彼は後に述懐している。

このような状況のなかでベンヤミンは、一九一五年にグスタフ＝ヴィネケンと絶縁した。大戦の勃発とハインレの死によって青年運動の限界が明らかになったばかりでなく、さらにヴィネケンが一九一四年に「青年と戦争」という論文を発表して、祖国のために戦場へ赴くことを青年に勧めたことが、この訣別《けつべつ》をもたらした。その際にベンヤミンは、いわば大人の分別を受け入れて現実と妥協しようとするヴィネケンに対して、あくまでも青春の価値を主張することによってヴィネケンを克服しようとする。したがって彼の眼からみれば青年運動の理念を裏切ったヴィネケンに対して、ベンヤミン自身はある意味ではあくまでもこの運動の理念に忠実であろうとするのである。彼はヴィネケン宛ての絶縁状を次のように結んでいる。「青年たちはしかし、かれらを、また何にもましてかれらのなかの理念を愛する観照者にのみ従います。かれらはすでに、迷いにおちたあなたの手を離れました。かれらは今後、いいようもない苦しみをなめるでしょう。かれらとともに生きることこそ、ぼくがあなたから奪いとる遺産です。」

兵役忌避と出国

学校の規律をひどく嫌っていたベンヤミンは、軍隊に入って軍律に従うこともまた何とかして避けようとした。開戦の直後に彼は、青年運動の仲間たちと離ればなれにならないために発作的に軍隊を志願して不採用になったことはあったが、ハインレの死後は一貫して兵役を忌避することになる。一九一四年末の徴兵の際には、彼は震顫《しんせん》病者だといつわって徴兵を逃れた。そして一九一五年の徴兵の際には、彼は、この年に知り合ったゲルショム＝ショーレムの助けを借りて徴兵を逃れた。すなわち彼は、徴兵検査の前日にショーレムと徹夜でチェスやトランプをやり、さらに大量のブラックコーヒーを飲んで検査に臨んで兵役猶予となったのであった。ショーレムはこの年からベンヤミンの死に至るまで彼の無二の親友となった。ユダヤ系の印刷業者の子として生まれたショーレムは、この頃からすでにユダヤ教の律法《タルムード》の研究を始めており、後にユダヤ神秘主義《カバラ》に関する学者となった。そしてベンヤミンは主にこのショーレムからユダヤ思想を摂取していくことになるのである。

一九一五年に一年間兵役免除になったベンヤミンは、この年の一〇月末にミュンヘン大学に移籍してミュンヘンに赴いた。そこには、一九一四年に彼と婚約したグレーテ＝ラートが在学していた。しかしそこで彼はドーラ＝ポラックと恋仲になった。彼女は、英文学者でシオニストでもあったレオン＝ケルナーの娘であって、大富豪のマックス＝ポラックと結婚した後、ベルリンで青年運動に参加していたことがあった。かくしてベンヤミンはグレーテ＝ラートとの婚約を解消し、ドーラ＝ポラックもこの年のうちに夫と離婚してドーラ＝ケルナーにもどり、二人は婚約した。そして一九一六年の徴兵の際に彼は、新しい婚約者のドーラに頼んで座骨神経痛の症状が出るように催眠術をかけてもらって兵役検査を逃れ、ついにはその治療のためにスイスへ出国することを許可する診断書を手に入れることに成功した。さらにこの慌《あわ》ただしい年に彼は、「言語一般および人間の言

ショーレム

語」という論文を執筆しているが、これは彼の言語哲学の出発点となった。

スイスでのベンヤミン

ベンヤミンとドーラ＝ケルナーは、一九一七年の四月にベルリンで結婚した。そしてその後彼らはスイスへ出国して、ベルンに居を構え、ベンヤミンはベルン大学へ移籍した。大学では、彼はフロイトを研究したりしており、またニーチェ（一八四四～一九〇〇）に興味を示していた。一九一八年になると彼は、「来たるべき哲学の綱領についてて」を執筆したが、この論文のなかで彼は幼年期の神的な経験の内容を言語の観点から規定しはじめている。この論文は、新カント学派の哲学者でユダヤ系のヘルマン＝コーヘン（一八四二～一九一八）が一八七一年に出版した『カントの経験の理論』を批判的に検討するなかで書かれたものであった。またこの頃のベンヤミンは、当時のスイスで起こった現代芸術としてのダダイズムに触れており、ダダイストたちの集まるキャバレー「ヴォルテール」の中心メンバーだったフーゴー＝バルと交際していた。さらにこのバルを通じてベンヤミンは、エルンスト＝ブロッホ（一八八五～一九七七）と知り合い、親しく交際することになったが、ユダヤ系の哲学者でユダヤ思想と社会主義を綜合しようとしていたブロッホが一九一八年に出版した『ユートピアの精神』は、ベンヤミンに大きな影響を与えた。ブロッホのこの著書と、さらにブロッホの親友であったゲオルク＝ルカーチ（一八八五～一九七一）が一九一六年に出版した『小説の理論』は、この頃のベンヤミンに最も影響を与えた書物であったが、それらはいずれもドイツ－ロマン主義の哲学と芸術理論にもとづいていた。そしてこれらの書物に導かれてベンヤミンは、彼の学位論文の主題を構想することになったのである。また一九一八年の四月に長男のシュテファンが誕生している。

ベルリンへの帰還

一九一八年にはドイツの敗北は誰の眼にも明らかになっていた。この年の一一月にドイツで社会主義革命が起こり、皇帝ヴィルヘルム二世は退位して、オランダに亡命した。続いて成立した社会民主党内閣は一一月一一日に連合国に降伏し、かくして戦争はドイツの敗北に終わった。ベンヤミンが子ども時代と青年時代を過ごしてきたドイツ帝国は跡かたもなくなっていた。この年から一九一九年にかけて、ベルリンやバイエルンやハンガリーでは共産主義者たちが革命をさらに推進しようとしていた。ベンヤミンは、これらの革命が成功するとは考えていなかったが、ハンガリー革命に参加したルカーチの運命を気にかけていた。

このような騒然とした状況のなかでベンヤミンは一九一九年にベルン大学へ学位論文「ドイツ－ロマン主義における芸術批評の概念」を提出し、「最優秀(summa cum laude)」の成績で博士号を取得した。彼はさらにベルン大学で教授資格をとってスイスに定住しようとしたが、経済的な不安定さに脅かされていた。「……さしあたっては定住は思いもよらぬことだし、生活の困難は目に見えている」と彼は書簡に書いている。こうして彼は結局一九二〇年にベルリンへ戻ってきた。ベル

ジョルジュ＝ソレル

リンへ戻ったのは、「……家から、今後は両親と一緒に住めという厳命が来たからさ。父の資産状態が悪化したため、ぼくらへの十分な送金はもうできない、というわけだ」。彼はこの間の事情をショーレムにこのように書き送っている。

一九一七年のロシア革命が世界を揺るがし、さらにこの革命に呼応したドイツ革命の余燼《よじん》がまだくすぶり続けている混沌とした状況のなかで、ベンヤミンは一九二一年に「暴力批判論」を発表した。この論文において彼は、彼の文学批評の理論に対応する政治的な批判の理論を展開し、神の審判という神学的な概念にもとづいた革命理論を提出した。この論文は、ジョルジュ＝ソレル（一八四七〜一九二二）が一九〇八年に出版した『暴力論』の影響を受けていた。ソレルは、ドイツにおいてニーチェが占めている位置をフランスにおいて占めている思想家であって、フランスの市民階級《ブルジョワ》の没落を目のあたりにして、一時はマルクス主義と労働者階級にフランスの未来を託し、晩年には右翼的な国家主義に転向してイタリア－ファシズムの精神的な祖となった人物であった。保守的な信条の持ち主で熱烈な反ユダヤ主義者でもあったソレルに対して、ベンヤミンは、共感と反撥とを同時に感じていたのであった。

ワイマール時代

「新《アンゲルス》しき天使《ノーヴス》」

ベルリンに帰ってすぐにベンヤミンは、金銭問題や将来の生活設計をめぐって両親と決定的に対立するに至った。「ぼくの両親とぼくとの関係が、重苦しさの峠をとっくに越したと見えていたのに、幾年もたって、同じ重苦しさにぶつかり、平穏といえる時期にがらがらと崩れた」と、彼は一九二〇年の五月にショーレムに書いている。この時期にベンヤミンは両親の家から一時追い出されてしまった。「ぼくらはどこかに住居を手に入れた上で、生計のために駈けずりまわらねばならぬ」と、彼は嘆いている。

大学を卒業したら、すぐに銀行員のような市民的職業につけと命令していた両親に対して、ベンヤミンは、できるだけ早く教授資格申請論文を書いて大学に職を得ようとし、それまでは両親から生活費の援助を得ようとしていた。「ぼくが昔からの目標の追求を外見上は思いとどまらねばならぬこと、大学教員になれずに、とにかくしばらくはなんらかの市民的職業に従事しながら、ぼくの研究をこっそりと夜中にしなくてはならぬことは、大いにありそうなことだ。」彼はそう述べている。しかしベンヤミンと彼の両親とのこのような争いの根底には、あの子どもの頃の冬の朝の願いに込められていた彼の密かな意志があった。すなわちベンヤミンは、没落してゆく市民階級《ブルジョワ》の末《まっ》裔《えい》として、いかなる定職にもつかず、両親の資産を食いつぶしながら無為徒食の人間として生きていこうとしていたのである。このような生活態度のうちにショーレムは、ベンヤミンの心の奥深くに巣くった虚無主義《ニヒリズム》と退廃《デカダンス》の匂いを感じていた。ベンヤミン自身にとっては、この生活態度は、一方では青年運動の理念にあくまでも忠実であることを意味していた。グスタフ＝ヴィネケンと絶縁した一九一五年にベンヤミンは、「学生の生活」という論文を書いているが、そのなかで彼は、就職して安定した生活を送るために学問を学ぶことと、結婚という社会的な規律に恋愛を従属させることに反対している。したがって彼は、私的な学者のままの状態をたもって、万年青年として永遠の猶予期間《モラトリアム》を生きて、青春時代を手ばなすまいとするのである。そして他方では、この生活態度は、批評家としてのベンヤミンの活動を支えるものであった。すなわち彼が両親の資産を食いつぶしながら生きているのと同じように、彼が行う文学批評もまた、没落してゆく市民階級《ブルジョワ》の文化的な遺産の残骸を収集して食いつぶすことにもとづいているのであって、このような生活態度だけがもたらすことのできる郷愁《ノスタルジック》的な視点にもとづいていたのである。

　ベンヤミンの妻の両親は何かにつけてベンヤミンを援助してきた。そして彼らはベンヤミンに本屋か出版者になれと勧めていた。一九二一年に彼は、両親から独立した経済的基盤を得るという目的と文学批評を行うという目的のために、文学批評の雑誌を出版することを計画した。この雑誌は

「新しき天使《アンゲルス-ノーヴス》」と名づけられていたが、この名称は、彼がこの年に購入したパウル＝クレー（一八七九～一九四〇）の版画「新しき天使《アンゲルス-ノーヴス》」にちなんでいた。彼は、当時千マルクで購入したこの版画に描かれた天使の姿に自分自身を重ね合せた。そしてその後の彼はいつもこの版画を身近において、自己の思索の導きの糸としたのであった。しかし彼の雑誌出版計画は成功しなかった。一九二二年から激しくなってきたインフレーションのために、出版社が印刷費の負担を拒否してきたのであった。その後に彼は、「古書売買に携《たずさ》われるだけの資金を父がすぐに渡してくれること」を期待して、その資金を用いて「ふつうの本屋なり骨董屋なりの既設の店内に」古書店を開こうと計画した。ベンヤミンは熱心な書籍収集家であって、この頃には「本を熱心に探しては転売することに、多少の時間をつかって」いたから、彼はこの仕事に乗り気であった。しかしこの計画も成功しなかった。

インフレとユーラへの愛

一九一九年に調印されたヴェルサイユ条約は敗戦国ドイツに苛酷な賠償義務を課していた。そして一九二一年にロンドンで開かれた連合国最高会議はドイツの賠償金を一三二〇億マルクと決定し、その支払いを求めた。ドイツ政府は、大量の通貨を市場に放出してマルクの価値を下落させることによって、この要求に対応した。猛烈なインフレーションがドイツを襲った。一九二二年の初頭にはまだ戦前の五〇分の一の価値があったマルクは、一九二三年には一万分の一の価値ももたなかった。インフレの進行は、生産手段や生活物資をもたぬ労働者やサラリーマンや年金生活者の生活を徹底的に破壊した。「物からあたたかみが消えてゆく。日常使用する物が、そおっと、しかし倦《う》むことなく、人間を突き放してゆく。」彼は当時の状況をこのように書いている。

ベンヤミンもまたインフレに傷めつけられた。「ドーラもぼくも、生活する力や資産がいまのようになしくずしにされてゆく状況には、もう耐えられない」と、彼は一九二三年に書いている。この年の九月に親友のショーレムはドイツに見切りをつけ、シオニズム運動に身を投じて、エルサレムへ移住していった。ベンヤミン自身もまた、この頃には「国外脱出」を真剣に考えている。この時期のベンヤミンは、英語に堪能な妻のドーラが翻訳秘書の仕事で得る収入によって生活していたが、このドーラも失業してしまって、彼は「もう限界につきあたって」いると考えていたのであった。「餓死しつつある民族のなかで飢えること、これは最悪です」と、彼は嘆いている。

ドイツ全土をインフレの嵐が襲っていたこの時期、一九二一年から二二年にかけてベンヤミンは、大部な論文「ゲーテの『親和力』について」を執筆した。そしてユーラ＝コーンという女性に捧げられたこの論文のうちには、ベンヤミンの恋愛と彼の結婚生活の破綻とが反映していた。このユーラ＝コーンという女性は、ベンヤミンの高等中学校《ギムナジウム》時代の同級生アルフレート＝コーンの妹で、青年運動時代のベンヤミンと親しくつき合っていた。そしてベンヤミンは、一九二一年に彼女と再会した時、彼女に激しく恋したのである。これとほぼ同時に妻のドーラもまた、ベンヤミンの友人のエルンスト＝シェーンに恋しており、この年にベンヤミンとドーラの結婚は実質的に崩壊した。しかしベンヤミンは、結局は結婚を解消せず、ユーラ＝コーンに対する愛を断念した。「ゲーテの『親和力』について」には、彼のこのような個人的な運命が反映しているのであって、『親和力』に登場するヒロインのオッティーリエのうちに、彼はユーラの面影をみていたのである。青年運動の時代から憧れていたユーラとの愛が実らなかったことは、ベンヤミンの心に深い傷を残すことになった。

旅行熱とアーシャ＝ラツィス

さしもの猛威をふるったインフレーションも一九二三年を頂点として、一九二四年には終息した。マルク通貨の価値は安定し、社会生活にも落ち着きが戻ってきた。この年からベンヤミンは、ものに憑《つ》かれたように旅行しはじめた。「ぼくのほうはといえば、目下、ドイツにいることにほとんど気乗りしていない。分離が、外部からする飛躍が、ぼくには必要になっている。」すでに彼は一九二三年にこのように述べていた。こうして彼は、一九二四年になると「旅行熱」に感染するのである。ベンヤミンにとっては、このような旅行熱は憂鬱《メランコリア》の感情にもとづいていた。すなわち彼は、永遠に失われたものを求めて遙かな旅に憧れていたのである。「愛のなかに、おおかたの者たちは永遠の故郷を見いだそうとする。だが一方、ごく少数ではあるけれど、そこに永遠の旅を求めようとする者たちもいる。こちらは、母なる大地との触れ

アーシャ＝ラツィス

合いを厭う憂鬱症の手合いであって、かれらは、故郷の憂鬱を遠ざけてくれる者を捜し求め、誠を尽くそうとする」と、彼は、一九二八年に出版したエッセイ集『一方通交路』のなかで、彼自身の旅を念頭に置いて、書いている。

ベンヤミンはフランクフルト大学で教授資格をとろうと決意し、一九二三年の夏学期にフランクフルトに滞在し、そこでテオドール＝W＝アドルノ（一九〇三〜六九）と知り合った。ベンヤミンと同じく富裕なユダヤ人の家庭に生まれて音楽と哲学を学んだアドルノは、やがてベンヤミンの親友となり、彼の生涯に大きな影響を及ぼすことになった。ベンヤミンは、一七世紀のドイツ＝バロック悲劇に関する研究論文によって教授資格を取得するために、この年の冬から翌年の一九二四年の春まで資料収集を行い、その年の五月から論文執筆のために、イタリアのナポリの沖合のカプリ島に滞在した。

一〇月まで滞在したこのカプリ島で彼は、アーシャ＝ラツィス（一八九一〜一九七九）に出会った。彼は書簡に次のように書いている。「ここには、注目するに足るひとは、ほとんどいないのだ。リガから来たボルシェヴィキでラトヴィア人の女性、俳優であり、演出家でありキリスト教徒である女性が、いちばん注目にあたいする。」すでにブロッホやルカーチを通じてマルクス主義に接近していたベンヤミンは、一九二一年の『暴力批判論』において、プロレタリアートのゼネストに社会変革の期待をかけていた。また彼は、ルカーチが一九二三年に出版した『歴史と階級意識』に感銘を受けていた。いわゆる西欧マルクス主義の源流となったこの書物は、「少なくとも部分的に、ぼくにきわめて親しい、ないしぼくの考えを裏がきするような諸命題に、到達している」と、彼は述べている。こうしてすでにマルクス主義に十分に接近していた彼は、「ロシアの二月革命以来党内で活動している、ひとりのすぐれた女性コミュニスト」であるアーシャ＝ラツィスと出会い、「コミュニズムの政治的実践……が、ここに滞在して以来、これまでとは別な光を浴びて見えて」きたのである。すでに第一次世界大戦の勃発とともに、自らの階級であるドイツ市民《ブルジョワ》階級に絶望していたベンヤミンは、この女性に導かれてマルクス主義者となり、共産党への入党を真剣に考えるようになったのであった。そしてさらにベンヤミンは彼女に恋した。

「喜んでいる」結末

翌年の一九二五年に、ベンヤミンはフランクフルト大学に大学教授資格申請論文として「ドイツ悲劇の根源」を提出した。しかしそれは却下された。ベンヤミンはこの論文に自信をもっており、「この論文でなら六人が教授資格を取れよう」と語っていた。しかし彼によれば、無能な教授たちが彼の論文を理解しなかったり、優れた才能に対する「無意識の敵意《ルサンチマン》をふくめての、いろんなことが絡んで」きて、けっきょく論文は不採用となった。このことについてベンヤミンは、「ぼくの労作にたいするあのような下劣な扱い」に憤慨しているけれども、このような結果になった責任の一端は、おそらくベンヤミン自身の側にもあった。なぜならこの論文は、おそらくは故意に難解に書かれており、なかでも特に難解な「認識論的序文」は、彼自身も認めているように「度はずれて向こうみずなもの」だからである。したがってこの論文を審査した教授たちが、「ベンヤミンの本はひとこともわからない、と明言した」としても、ショーレムのいうように、「かれらのベンヤミンにたいする振るまいには、悪意があった、とはいえそうにない」のである。おそらくベンヤミンは、どこにも就職せずに無為徒食の生活をおくることを密かに望んでいるのであって、したがってこの場合には教授資格申請論文に努力しているということを口実にして両親から財政的援助を引き出したうえで、故意に難解な論文を書いて却下されることは、無意識的であるにせよ、おそらく彼自身が望んだことなのである。しかも「教授資格を得ても補助はしないと両親がいいだしたことや、ぼくが政治的思考へ転じたこと」で、「この企てのための前提条件は昨年、つぎつぎと瓦解していた」。したがって彼は、このような結果に必ずしも落胆しなかった。この結末について、「けっきょくのところ、ぼくは喜んでいる。ここの大学の宿駅を経てゆく古くさい駅馬車旅行は、ぼくの道じゃない」と、彼は語っている。

モスクワの冬

一九二五年の秋にスペインとイタリアへ旅行し、さらにラトヴィアのリガへ旅行してアーシャ＝ラツィスに会ったベンヤミンは、一九二六年の三月から一〇月までフランスへ旅行して、パリに滞在した。第一次世界大戦終結後のドイツとフランスとの関係は、一九二三年にフランスがドイツの賠償不履行を理由にルール地方を占領して以来、険悪なものとなっていたが、一九二五年にフランス軍がルールから撤兵して、ロカルノ協定が締結されるとともに正常化していたのであった。彼は、一九二五年に友人のフランツ＝ヘッセルと共同で始めたマルセル＝プルースト（一八七一～一九二二）の『失われた時を求めて』の翻訳をこのパリで続けるとともに、エッセイ集『一方通交路』をこのパリで執筆した。この『一方通交路』は、新しい恋人のアーシャ＝ラツィスに捧げられた。「この道は、／アーシャ＝ラツィス通りという。／技師として、／著者のなかに、／この路をつけた女性《ひと》の名にちなんで」この本は前書きはこのようになっている。そしてさらにこの時に彼は、パリの魅力と、さらにパリを遊歩することの魅力を発見した。彼は、かつての恋人であったユーラ＝コーン（旧姓ラート）に宛てて次のように書いている。「……遊歩というものは、しばらく読書の習慣を忘れさせるところがあるよ。……この都市にはあらゆる芸術があり、あらゆる活動があるが、その最上の美点は、この都市が根源的なもの・自然なもののなごりを保ち、わずかなそれの輝きを褪《あ》せさせずにいることだ。」パリにおけるこの時の経験から、やがて「パリの遊歩街《パサージュ》」に関する研究の構想が現れてくることになる。

そしてこの年の一二月から翌一九二七年の一月にかけてベンヤミンはモスクワへ旅行した。フランクフルト大学への教授資格申請論文がまだ却下されない時点ですでに彼は、共産党に入党することを考え、さらに一度はモスクワを訪問することを決意していた。すなわち彼は、一九二五年五月の書簡で次のように述べている。「学内の学者コースを辿ることは、千の理由から、ぼくにはますます疎遠な感じになっている。……たぶんぼくは、マルクシズムの政治とのかかわりを強めて――遠からず、少なくとも一時モスクワに行く見込みだし――党へはいるだろう。」したがって彼は、教授資格申請論文が却下されたので、いよいよこの計画を実行に移したのであった。そしてモスクワには新しい恋人のアーシャ＝ラツィスがいた。

当時モスクワにいたアーシャ＝ラツィスは、彼女の以前の夫との間にできた娘とともに強度の神経衰弱のために療養所に入院していた。また彼女は、ドイツ人の演出家、演劇理論家であったベルンハルト＝ライヒと恋仲になっていた。モスクワでの彼らの奇妙な三角関係を含むベンヤミンのモスクワ生活の様子は、彼の日記『モスクワの冬』に描かれている。

ベンヤミンのかつての恋人だったユーラ＝コーンが「植物めいた受動性ともの静けさ」をもった女性だったのとは対照的に、アーシャ＝ラツィスは気性の激しい女性であって、ショーレムによれば、ベンヤミンと彼女は、「会えば喧嘩ばかりしていた」ようである。そしてこの日記もまた、彼が贈り物をして彼女の愛を求め、彼女が拒絶して喧嘩になるということの果てしない繰り返しの記録である。そして喧嘩の合い間に彼らは、凍てついた雪の路を歩いて、メイエルホリド（一八七四～一九四二）の演劇や彼の弟子のエイゼンシュテイン（一八九八～一九四八）の映画を鑑賞している。

ベンヤミンがモスクワを訪れた時期は、ロシア革命直後の混沌とした魅力的な時代の最後にあたっていた。彼がモスクワに到着したのは、トロツキーが党内闘争に敗北して共産党中央委員会政治局員を解任された直後であった。スターリン時代の到来とともに、革命直後のロシア－フォルマリズムを支えてきたユダヤ人の芸術家や学者に対する弾圧が始まろうとしていた。後にメイエルホリドは妻とともに処刑された。ロシアは「望もうと望むまいと、すでに復古の方向に進んでいる」と、ベンヤミンは当時のロシア情勢を分析している。

このような状況のなかで彼は、共産党に入党して、アーシャ＝ラツィスとともにモスクワで生活することを断念する。「ぼくにとって、ロシアでの生活は、党に属していればあまりにも困難であり、属していなければはるかにチャンスに恵まれない」と、彼は書いている。しかし彼が共産党に入党することをためらったのは、たんにソ連の体制が専制主義的で反ユダヤ的になってきたからだけではなかった。すなわちベンヤミンはマルクス主義者となっても、市民階級《ブルジョワ》の文化への郷愁《ノスタルジア》をもちつづけ、共産党のためにそれを犠牲にする気は毛頭なかったのである。「もっとも洗練された文明、〈もっとも現代的〉な文化は、ぼくの私的な快適さに結びついているのみならず、……まさにぼくの生産の手段である」と、彼は後に書いている。そしてさらに、党組織に属することは、大学への就職と同じように、大人の世界の規律に完全に従属して、無為徒食の生活を放棄することを意味していた。したがってここでも彼は、就職することを拒否したのである。「入党した場合の決定的な利点。確固たる地位……。これに対する問題点。……自己の生活を組織するという課題を、いってみれば党に譲り渡すことになるのだ。」彼は日記にこう書いている。

かくしてモスクワにおけるベンヤミンの視線は、共産主義の輝かしい未来を約束するクレムリンの尖塔《せんとう》ではなく、彼自身の幼年時代の記憶を甦《よみがえ》らせるものへと注がれた。つまり彼は、彼自身と息子のシュテファンのために、ロシアの玩具を熱心に買い求めたのである。彼にとっては、単純素朴な玩具こそ、かつての幼年期の楽園《エデン》の生活を最もよく想い起こさせるものであって、したがって彼は生涯にわたって玩具を収集し、玩具について考察した。そして彼によれば、とくに「ロシアこそ、もっとも豊かで、もっとも変化にとむおもちゃの国なのである」。ベンヤミンは、モスクワの露地に並ぶ露店を飾る民芸品の玩具の鮮やかな色彩に魅了されたのであった。

こうしてアーシャ＝ラツィスとマルクス主義を求めた彼のモスクワ旅行は終わりを迎えた。共産党に入党することや、入党してロシアに根を下ろして彼女とともに生活していくことを、彼は決心できなかった。ロシアの玩具を土産《みやげ》としてトランクに詰め込んで、彼は雪のモスクワを後にした。「彼女は長いこと立ったままで手を振っていた。ぼくも橇《そり》から手を振った。やがて彼女が向きをかえて歩きはじめたように見えたが、そのまま見えなくなった。ぼくは膝に大きなトランクをのせ、泣きながら、たそがれの街を駅に向かった。」

ベンヤミンの収集したおもちゃ

新聞文芸欄の常連

一九二六年頃からベンヤミンは、新聞の文芸欄《フェイエトーン》の寄稿家として活躍しはじめた。まず彼は、一九二五年に出版された週刊新聞「文学世界《ディ・リテラリッシェ・ヴェルト》」の主要な寄稿者となった。プルーストの『失われた時を求めて』を彼と共同で翻訳していたフランツ＝ヘッセルがこの新聞の編集に関係していたことが、彼をこの新聞に結びつけた。さらにベンヤミンは、「フランクフルト新聞《フランクフルター・ツァイトゥング》」の文芸欄の常連寄稿者となった。当時この新聞の文芸欄記者であったジークフリート＝クラカウアー（一八八九〜一九六六）は、ベンヤミンが教授資格申請論文を執筆するために一九二三年にフランクフルトに滞在して以来、彼の友人になっていた。後に『サラリーマン』『カリガリからヒトラーまで』『歴史』といった著作によって社会学者、映画評論家、哲学者として活躍することになるクラカウアーが彼に「フランクフルト新聞」の文芸欄を提供することになったのである。

ベンヤミンは、一九二六年から、彼がドイツから亡命した一九三三年にかけて、年間に三〇篇から五〇篇にのぼるエッセイや書評や評論をこれらの新聞に発表し、評論家としてかなり重要な地位を占めるようになった。彼がこの時期に発表した作品のうちには、「ヨハン＝ペーター＝ヘーベル」「ロシア映画芸術の現状」「アンドレ＝ジッドとの対話」「シュルレアリズム」「マルセル＝プルーストのイメージについて」「ドイツ＝ファシズムの理論」「写真小史」「カール＝クラウス」などがある。

この時期の作品のうちで、一九三一年に発表された「カール＝クラウス」は、新聞の文芸欄への寄稿家としてのベンヤミンの問題意識を理解するうえで重要である。カール＝クラウス（一八七四〜一九三六）は、ウィーンで雑誌「炬火《デイーファツケル》」を発行して、新聞や雑誌などのジャーナリズムの文体に対して厳しい批判を行った。すでに学生時代から言語哲学に興味をもち、また幼年時代の濃密な経験が大人の灰色の月並な経験に格下げされていくことに反対していたベンヤミンは、新聞や雑誌で用いられる常套句《フレーズ》に反対して闘うクラウスの姿勢に共感を示し、多くの者の手垢にまみれていない言語表現を回復しようとするクラウスの意志のうちに彼自身の青年時代からの課題を重ね合わせたのである。「この仕事にぼくは異常に長い時間を、ほとんど一年をかけた。……きみはこれのなかに、ぼくらの、何というかな、〈青春〉といっていい時期の、ありとあらゆる見出し語を見出すだろう」と、彼はクラウス論についてショーレムに語っている。

このクラウス論からもうかがわれるように、新聞の文芸欄《フェイエトーン》の寄稿者としてのベンヤミンの仕事は、ジャーナリズムで一般に用いられている言語表現とは異なった言語表現を確立することに向けられていた。そして彼は、親しい仲間にだけ、きわめて個人的な経験を語るという特殊なドイツ語文体を創造したのであった。このようなわけで、彼はジャーナリズムにおいても孤立した存在であった。ショーレムの言葉を借りるならば、「ベンヤミンは二重の意味でアウトサイダーだった。第一に学界においてそうだったし、……第二に文壇においてそうだった」。

激動の始まり

一九二九年一〇月二四日、ニューヨークの株式市場は大暴落した。暗黒の木曜日と呼ばれたこの日を境にして、世界恐慌が始まった。一九二四年から二八年にかけての比較的平穏な日々は、ベンヤミンの人生における小春日和であった。そしていよいよ彼の人生の最後の冬の嵐がやってきた。金融恐慌がドイツを襲い、企業は資金を調達できなくなった。産業は麻痺状態に陥り、失業者が増大し、社会保障費の膨張や税収の減少から国家財政の赤字がふくれあがった。国際通価体制は崩壊し、各国が保護関税政策をとったことによって世界市場は解体して、ブロック経済が出現した。国家間のこのような経済的対立は民族主義をあおりたて、ドイツではナチズムが急速に勢力を伸ばしてきた。「生きる余地、ものを書く余地が狭まってゆくこと（ものを考える余地はいわずもがな）が、しだいに耐えがたくなってきている。……多少大きなエッセイを書くのに必要な精神集中と、これにあたえられる価格とを較べてみると、ほとんど釣り合いがとれない。にっちもさっちもいかない数日がぼくにはある。」彼は一九三一年にこう書いている。

この時期は、ベンヤミン個人にとっても激動の始まりであった。まず彼は、ショーレムの招きに応じてエルサレムへ移住しようと計画した。一九二八年になってショーレムは、エルサレム大学の近代ドイツ・フランス文学の講師として彼を招聘《しようへい》しようとし、ベンヤミンもこれに応《こた》えようとしたのである。この就職のためには、ベンヤミンがヘブライ語を学ぶことが条件になっていた。そしてショーレムの斡旋によって、当時のエルサレム大学の学長ユダー＝L＝マグネスがベンヤミンのヘブライ語の「勉学が必要とするはずの費用を、なんらかの妥当な方法で援助」することになった。しかしベンヤミンは、ショーレムのこの好意を裏切った。つまり彼は、ショーレムに約束していたエルサレム旅行を実行しなかったばかりか、マグネスから数千ドルにのぼる補助金を受け取りながら、ヘブライ語の学習をすぐに中断してしまい、エルサレム大学への就職の約束を結局は反古《ほご》にしてしまったのである。「……ぼくがドイツにいるかぎり、ヘブライ語を勉強する希望はきっぱりと棄てねばならないようだ。方々から押し寄せてくる仕事や用件があまりに緊急のものだし、それにぼくの経済状態があまりにも不安定なものだから、すっかりことわってしまうわけにはいかないからだ。」ベンヤミンは一九三〇年の一月にショーレムにこう書き送っている。そしてショーレムはこの件で苦境に立たされたのである。ベンヤミンがパレスチナ行きの約束をこのように果たさなかった理由は、彼自身が述べているところによれば、「困ったことにちょくちょく起こる病的な躊躇《ちゅうちょ》」であった。おそらくこの時も彼は、ヨーロッパの市民的《ブルジョワ》文明のひとつの中心であるベルリンを離れ、幼年時代の思い出に満ちたこの都市を見捨てて、アジアの灼熱《しゃくねつ》の砂漠に赴くことを躊躇したのであり、さらに就職して自分をある組織に固定して義務と責任を引き受けることを土壇場になって拒否したのである。

さらにこの頃ベンヤミンと妻のドーラとの夫婦関係が最終的に破局を迎えた。一九二八年から二九年にかけてアーシャ＝ラツィスがソ連通商代表団の映画部門のメンバーとしてベルリンを訪れ、ベンヤミンとしばらく同棲した。おそらくはこのことが直接のきっかけとなって、彼は一九二九年にドーラとの結婚を最終的に解消することになった。結婚の際にドーラの両親が強く主張してつくられた結婚契約書にもとづく財産分割をめぐって、ベンヤミンとドーラはこの年の六月から裁判で激しく争い、一九三〇年の三月に正式に離婚が成立した。ベンヤミンは完全に敗北し、四万マルクの慰藉料を支払うことになった。彼の父親はすでに一九二六年の七月に死亡し、また彼の母親も息子のこの離婚騒ぎの直後の一九三〇年の一一月に死亡して、彼は両親の遺産を相続したが、離婚訴訟にともなう財政的負担を軽減するために、彼の相続分をすべて譲渡せざるを得ない羽目に追い込まれた。こうしてベンヤミンは、市民階級《ブルジョワ》の末裔として経済的にも完全に没落するに至った。「四〇歳に手が届くのに土地も住居も地位も財産もないなんて、じっさいらくじゃない」と、彼はショーレムに対して嘆いている。

こうしてベンヤミンの生涯は、複数の女性との情熱的な恋愛によって彩《いろど》られているが、一般に女

ブレヒト

性に対するベンヤミンの愛情は、きわめて精神的なものであって、奇妙に肉体的欲望を欠いたものであった。一九二九年に発表された『短き影』に収められた「プラトニック‐ラヴ」という小品は、女性に対する彼の愛情の精神的な性格をよく示している。そこで彼は、次のように言っている。「恋するひとの名を欲望で穢《けが》さず、名前において恋人を愛し、名前において所有し、名前において相手を慈しむ愛。これこそプラトニック‐ラヴと言われるものの、緊張と遙かな憧憬の、真の表出なのだ。」

またショーレムは、この点について次のように証言している。すなわち「彼の精神性が彼のエロスを阻んでいた、というのが……ドーラの意見」であり、ベンヤミンと親しかった女性たちは「異口同音に……男性としての彼には少しも引かれなかった、と強調した」のであった。そしてこのことは、ベンヤミンの独特の雰囲気にかかわっていた。彼は、クレーの版画「新しき天使《アンゲルス‐ノーヴス》」における天使像に自己を投影していたが、実際に彼には天使的なところがあって、アドルノによれば、「彼には身体をもっていないようなところがあった」のである。

ブレヒトとの出会い

一九二八年にベルリンにやってきたアーシャ＝ラツィスは、ベンヤミンに彼の離婚をもたらしただけでなく、ベルトルト＝ブレヒト（一八九八～一九五六）との出会いをもたらした。演劇の仕事の関係でブレヒトと交流があった彼女を介して、ベンヤミンは一九二九年の五月にブレヒトと知り合ったのである。

マルクス主義の立場に立つ劇作家、詩人、評論家、小説家として旺盛な文学活動を展開し、『三文オペラ』や『肝っ玉母さんと子供たち』などの戯曲によって広く知られているブレヒトは、二〇世紀ドイツ文学の代表的作家の一人である。ベンヤミンはこのブレヒトから多大の影響を受け、ブレヒトに関する多くの評論や注釈を残した。この時期以後のベンヤミンの文体が平明なものとなったのはブレヒトの指示によるものであり、また「文学に残された唯一のチャンスが、世界を変革するために広汎に分岐した過程における副産物になることにある」と考えて、この考えを他の芸術形式にも適用したこともブレヒトの影響によるものであった。ベンヤミンの友人たちの間では、ベンヤミンはブレヒトに対してあまりにも屈従的な態度をとっていると感じられたが、彼自身は、「ブレヒトの生産との連携こそ、ぼくの陣地全体のうちでもっとも重要な、もっとも武装された地点のひとつをなすものだ」と考えていた。ブレヒトの演劇は、ベンヤミンのそれまでの思想を統一する展望を与えているように、ベンヤミンには思われた。ブレヒトと会う以前のベンヤミンにとっては、『ドイツ悲劇の根源』で示されたような文学批評と、『暴力批判論』で示されたような政治的批判との間の関連は、まだ十分に明確ではなかった。ブレヒトの叙事的演劇の方法論のうちに、ようやくベンヤミンは、彼の文学批評をマルクス主義的な革命理論と統一する展望を発見したのであった。このことが、彼をブレヒトに結びつけた最も強い絆であった。しかし一九三〇年に彼がブレヒトとともに企画した雑誌「危機と批評」は軌道に乗らなかった。

「わたしは疲れた」

離婚後のベンヤミンは、一九三〇年一〇月にようやく両親の家を出て、一人で生活をはじめた。「ぼくは、生まれてはじめて、じぶんがおとなだと感じている……。もう若くない、というだけのことではない。ぼくに内在していた数多くの生活形態のうちのひとつを、ほとんど実現した、ということなのだ。ぼくがしばらく前からじぶんの家をもったことも、その一部分をなしている」と、彼は、一九三一年に書いている。また、この頃すでに彼は、「自分がドイツでひとつの地位を築いた」と感じており、ドイツにおいて文学批評をジャンルとして再建することは、「とくにぼくの手でなされたのだ」と自負していた。こうして彼は、自分の青春時代が終わりを告げたと感ずるとともに、自分が人生の大きな節目に来ていると感じていた。また、このような生活の変化にも関係があったのであろうか、ベンヤミンは、一九二七年に始めた麻薬（ハシッシュ）の吸飲をこの頃になるとますます頻繁に行うようになっていた。

このような状況のなかで彼は、一九三一年の五月にフランスのニース近郊のジャン－レ－パンに滞在した際に自殺の計画を抱いた。この時に書いた日記のなかで、「わたしは疲れた」と、彼は述べている。それは、「何よりも金を得るための闘いについての疲れ」であり、ドイツにおける絶望的な状況を見聞することからくる疲れであり、そして最後に、過去の思い出に耽《ふけ》って、そこで安らごうとする疲れであった。「わたしは、これまでなかったほどの内面的な平安を感じており、この平和な気分は、わたしという存在の奥深くに探り針《ゾンデ》を降すよううながすのである。」こうしてショーレムによれば、ベンヤミンは、「かれの人生を基本的に生きおえたとする、しかもかれの最高の願望をもみたして生きおえたとする感覚から、かれの自殺の用意がととのってきているのを自覚していた」のだった。そしてこの頃から彼は自分の過去の思い出のなかにますます深く沈潜しはじめた。彼は翌年の一九三二年の四月から七月まで、地中海に浮かぶスペイン領のイビサ島に滞在したが、この島で彼は『ベルリン年代記』を執筆し、さらに『ベルリンの幼年時代』の諸篇を書き始めるのである。また、このイビサ島で書かれた小品『日を浴びて』と『イビサ組曲』は、死を覚悟した者にみられる透明で静謐《せいひつ》な感情で満たされている。

こうして一九三二年の七月、四〇歳の誕生日の直後にベンヤミンは、フランスのニースのホテルで自殺を決意した。七月二六日のショーレム宛ての書簡で彼は、それまでの自分の人生を回顧して、「多くの、あるいはかなりのぼくの仕事は、小さくは勝利だったが、しかしそれらには大きな敗北が対応している」と述べている。翌日彼は、いとこのエーゴン＝ヴィッシングに宛てて告別の手紙を書き、さらに遺言状をしたためた。遺言状には、自分の原稿をすべてショーレムに託すると書かれていた。また告別の手紙のうちにはユーラ＝コーンに宛てたものがあり、そこには次のように書かれていた。「きみの知っているとおり、ぼくはかつてきみを熱愛した。死にのぞんだいまも人生は、きみのために苦しんだ折りおりからあたえられた以上の贈りものを、手中にしていない。これ以上いう必要はなかろう。きみのヴァルター。」もっとも、この時のベンヤミンは、辛うじて自殺を思い止まった。

亡命の時代

ベルリン脱出

一九二九年から三〇年にかけて、ベンヤミンは家族を失い、さらに市民階級《ブルジョワ》としての経済的基盤を最終的に失ったが、その頃の彼は政治的にも敗北しつつあった。すなわち、彼もまた文学批評の分野でその一員であったドイツの左翼は、経済恐慌のなかでファシズムに打ち負かされていったのである。「失業は、経済政策派のプログラムをもう時代おくれにしてしまったが、いまや革命派のプログラムをも同じうきめに逢わせつつある。というのは、実際にあらゆる徴候からみて、わが国の失業者によって選出されているのは、ナチ党員なのだ」と、彼は一九三一年に嘆いていた。

そして一九三三年一月にヒトラーがドイツの首相となり、この年の三月にベンヤミンはパリへ亡命した。「公認のものにそっくり右へならえしないようないっさいの態度や表現法にたいするテロルは、考えられうる極限に近づいている」と、彼は書簡に書いている。そしてこの時も彼は、いつもの癖でひとよりも半歩だけ遅れて亡命した。「……ぼくの身近なひとで、僕が旅立ったときにまだドイツに残っていたひとは、もうあまり多くなかった。ブレヒト、クラカウアー、エルンスト＝

ブロッホは、手遅れにならぬうちに出国した」と、彼は書いている。

こうしてベンヤミンは、彼の幼年時代を育《はぐく》んだ都市ベルリンを追われ、祖国ドイツを失うことになった。そして亡命後の彼は、生まれ故郷のベルリンと祖国ドイツの思い出を紡いでいくことになった。この年の四月から九月までの半年間ふたたび滞在したイビサ島で、彼は『ベルリンの幼年時代』を書き継いでいくのである。さらに書籍愛好家《ビブリオフィル》であったベンヤミンは、亡命先でも本を集めることに情熱を燃やした。イビサ島でも彼は、「都合できるかぎりの探偵小説をかきあつめること」に努力している。このように書物好きで、しかも「ぼくが意図しているのは、古い文書の〝救出〟である」と考える批評家であったベンヤミンにとって、ナチスの焚書は衝撃的な出来事だったにちがいない。ベンヤミンが亡命した直後の五月一〇日にベルリンにおいて、宣伝大臣ゲッベルスの主宰のもとで、ナチスによって有害図書に指定された二万巻の書物が火に投ぜられて灰になった。書物という文化的遺産もまた、ベンヤミンにとっては失われつつあった。

社会研究所の援助

亡命後のベンヤミンは、著作活動の場をほとんど失った。デートレフ＝ホルツの筆名でドイツ国内で文章を発表することもますます困難になっていった。彼の亡命生活は経済的な危機にさらされた。「ベルリンを去って以来、ひどい状態にあってぼくは、月平均一〇〇マルクを稼いでいる。しかもときには、この少額より下廻ることもないとはいえない」と、彼は嘆いている。

ベンヤミンのこのような苦境に対して救いの手を差しのべたのは、フランクフルト社会研究所であった。個人の基金によって一九二三年にフランクフルトで設立されたこの研究所は、フランクフルト大学と提携してはいたが、大学からは財政的・学問的に独立しており、フロイトの精神分析の成果なども取り入れた独自のマルクス主義理論を発展させつつあった。そして一九二三年にベンヤミンと知り合い、彼の思想の意義をいち早く見抜いて、『ドイツ悲劇の根源』をフランクフルト大学でゼミナールのテキストとして用いていたアドルノは、この社会研究所のメンバーであった。このアドルノの紹介によってベンヤミンは、一九三二年に、社会研究所の所長のマックス＝ホルクハイマー（一八九五～一九七三）と出会った。そして彼は、この年から社会研究所の紀要として発行されはじめた「社会研究時報（Zeitschrift für Sozialforschung）」に寄稿することを一九三三年に認められた。こうして発表の場を得たベンヤミンは、一九三四年に「社会研究時報」に掲載された「フランスの作家の現在の社会的立場について」を皮切りに、亡命時代の論文の多くをこの紀要に発表していくことになった。一九三一年にこの研究所の所長となったホルクハイマーは、ナチスの権力掌握を見越して、研究所の基金をオランダに移し、さらに一九三三年には研究所をスイスのジュネーヴに移し、翌年にはニューヨークに移した。そして亡命先でも「社会研究時報」は一九四一年まで発行され、ベンヤミンに論文掲載の場を提供しつづけた。「複製技術時代の芸術」「言語社会学の問題」「エードゥアルト＝フックス――収集家と歴史家」といった亡命時代の彼の論文は、この紀要に発表された。

パリに亡命した直後のベンヤミンは、経済的にも極度に困窮していたが、社会研究所はこの問題でも彼に救いの手をさしのべた。すなわちベンヤミンは、一九三四年からひと月あたり五〇〇フランの援助を受けて、ようやく生活の目処《めど》をたてることができたのである。「研究所からの一〇〇スイスフランのおかげで、当地でのぼくの生活の最低の必要はみたされている」と、彼は一九三五年に報告している。この援助額は、一九三七年には、ひと月あたり一〇〇〇フランに増額され、この年の秋には彼は研究所の正式の共同研究者の待遇を受けて、ひと月あたり八〇ドルを支給されることになった。彼がパリで「パリの遊歩街《パサージュ》」研究に取り組むことができたのは、研究所が行ったこの支援のおかげであった。

アドルノ

「パリの遊歩街《パサージュ》」

一九二六年にパリに旅行したベンヤミンは、この時すでにパリという都市に引きつけられ、この街を遊歩することの魅力を発見した。そしてこの時から彼には、フランス文学の批評についての構想がしだいに形をとってきた。「時とともにわたしを引きつけているのは、フランス精神のアクチュアルな形態にも近づくことです。……しばしばわたしは、ドイツ悲劇論《トラウエルシュピール》と対になるフランス悲劇論《トラウエルシュピール》を考えます。」彼は一九二七年の書簡でこのように述べている。そして一九二八年には、「パリの遊歩街《パサージュ》」という研究テーマが明確に現れてきた。「ぼくが目下慎重に、一時的に、かかわっている仕事――〃パリの遊歩街《パサージュ》。弁証法的夢幻劇《フェーリー》〃という、大いに注目に値するがきわめて危かしくもある試み――が、なんとかして……片づくならば、ぼくの生涯の一つの円環――『一方通交路』に始まる――は、閉じられることになるだろう」と、彼は書いている。そして「パリの遊歩街《パサージュ》についての仕事は、ますます謎めいた、迫力ある相貌を呈して」きたのであって、彼が一九二九年から三〇年にかけて、ショーレムとの約束を破って、パレスチナ行きを中止した理由のひとつは、彼が一九二九年に書いているように、「ぼくが百もの手だてをつくして……回避しようとつとめてきた遊歩街《パサージュ》論の仕事が、もう押しのけてはおけなくなった」からであった。しかしこの時からしばらくの間、彼は「パリの遊歩街《パサージュ》」研究から離れた。それはおそらく、離婚から自殺未遂に至る時期にかけては、彼の関心はもっぱら過去の思い出に向けられていて、かなり長期にわたる研究に手をつけることが彼には困難だったからである。

こうしてベンヤミンは、一九三三年にパリに亡命し、翌年に亡命生活が一応の安定をみると、さっそく「パリの遊歩街《パサージュ》」研究に没頭することになった。パリにおける彼の研究の場所は国立図書館《ビブリオテーク・ナシオナル》であった。当時この図書館の司書をしていた哲学者のジョルジュ＝バタイユ（一八九七～一九六

パリ国立図書館

二）が友人ベンヤミンのために研究の便をはかった。『無神学大全』や『エロティシズム』や『呪われた部分』といった著作で有名なバタイユは、一九三六年にロジェ＝カイヨワ（一九一三〜七八）らと「社会学研究会（collège de sociologie）」という私的な研究サークルをつくって活動しており、ベンヤミンはこの会合によく顔を出していたのであった。そして、ちなみに述べるならば、バタイユやカイヨワらがその頃彼らの中心的な研究課題としていた「聖なるもの（le sacrè）」という現象は、ベンヤミンの思想における「聖なる経験」という事柄に関連していたのであった。

「ぼくは一連のものごとを調べてゆかねばならないが、その調べは〔パリの〕国立図書館でしかできない」と彼は一九三五年の書簡で述べていた。そして彼は、「パリの遊歩街《パサージュ》」研究に没頭するにつれて、ますますこの図書館に強く結びつけられていった。「ぼくにとってこの世で〔パリの〕国立図書館に代わりうるものはないだろう」と、彼は後に述べるようになるのである。彼の最後の仕事場となったこの図書館の様子を彼は次のように書いている。「パリの遊歩街《パサージュ》を扱うこの草稿は、雲ひとつない青空という自由な天空の下で始められた。この青空は円天井の上に広がっていたが、しかしそれはまた何千枚もの紙に覆われており、この紙のなかでは勉学の新鮮な軟風と研究者の重苦しい息遣いと若き情熱の嵐と好奇心のものうい微風が吹いていた。さらにこの青空は何百年もの塵で覆われていた。なぜならパリの国立図書館の閲覧室を楽園《アルカディア》から見おろしていた鮮《あざや》かな夏空は、その夢のような暗い天井をその上にかぶせていたからである。」閲覧室を殻のように覆っている円天井の下で、フランス第二帝制期のテキストを解読していたベンヤミンは、薄暗い閲覧室の上に明るい夏空があるように、陰鬱なテキストの夢のような記述のなかに少年時代の夏の青空の風景を垣間みることを願っていたのであった。

アドルノの改稿要求

ベンヤミンは、社会研究所の支援を受けてすすめていた「パリの遊歩街《パサージュ》」研究の全体の見取り図を草案《エクスポゼー》として一九三五年にアドルノに送った。この草案《エクスポゼー》は、『パリ――一九世紀の首都』として、後に遺稿として出版された。この草案《エクスポゼー》のなかでは、ボードレールを扱った部分は、全五章のなかの第四章「ボードレールあるいはパリの街路」に割り当てられていたが、研究がすすむにつれて、この「ボードレール」の部分が膨大となり、ひとつの独立した著作として最初に手がけられることになった。彼はこの「ボードレール」論を三部構成にしようと考え、そのうちの第二部を一九三八年に社会研究所に送った。しかしこの論文は、彼の死後に『ボードレールにおける第二帝制期のパリ』という表題で遺稿としてようやく発表された。つまりこの論文はアドルノらの厳しい批判を浴びて、「社会研究時報」への掲載を拒否されたのであった。すでに草案《エクスポゼー》をも批判していたアドルノは、ベンヤミンのマルクス理解が浅薄であると主張し、ベンヤミンが社会研究所とのつながりを考慮して「マルクス主義のために支払う貢物は、マルクス主義のためにも、あなたのためにもならない」と書き送って、論文の改稿を要求した。こうして書き直された改定稿は、一九四〇年に「ボードレールのいくつかのモチーフについて」という表題で「社会研究時報」に掲載された。「パリの遊歩街《パサージュ》」論に関するもので、ベンヤミンの生前に発表されたものは、わずかにこの一篇だけである。後に、戦後になって、この「ボードレール論」の第三部をなす論文のための覚え書きが『セントラルーパーク』という表題で出版された。アドルノらは、ニューヨークのセントラルーパークの近くにベンヤミンの住居を用意して彼の亡命を待っていたことから、この表題がつけられている。「パリの遊歩街《パサージュ》」研究そのものに関する研究ノートは、バタイユによって国立図書館のなかに保管され、一九八二年になってようやく『ベンヤミン全集』第五巻として公刊された。

このようなわけで、「パリの遊歩街《パサージュ》」論をめぐるベンヤミンと社会研究所との関係は、緊張をはらんだものであった。『ボードレールにおける第二帝制期のパリ』が「社会研究時報」への掲載を拒否されたことは、ベンヤミンの心に深い傷を残した。その頃のベンヤミンは社会研究所からの援助によって生活しており、しかも大きな論文を発表できる場は「社会研究時報」だけだったので、彼はアドルノらに屈服して、論文の書き直しに応じざるを得なかった。その屈辱感もまた彼を苦しめたのであった。ショーレムによれば、この件でベンヤミンは「心に傷を負って」おり、「研究所にたいする消えやらぬ批判」から、遊歩街《パサージュ》研究に対する「研究所の庇護」と「協力には限界がある」と感じていた。しかも彼が論文の書き直しを要求されていた頃、社会研究所は財政難を理由に彼への生活費の支給を近いうちに打ち切ると通告してきた。このような状況のなかで彼は社会研究所への不信感をつのらせ、この時期の彼は、「かりに研究所にぼくを招聘《しょうへい》する力があるとしても、現在それを実行する気になるかどうか、ぼくには大いに疑わしく思われる」とさえ語っている。亡命時代のパリでベンヤミンの親友であったハンナ＝アーレント（一九〇六〜七五）はこの件で心を痛め、ベンヤミンに大いに同情していた。後にニューヨークに亡命して、『人間の条件』『革命について』『全体主義の起源』『エルサレムのアイヒマン』といった著作で有名になったこの女性の政治哲学者は、根っからの反共主義者で、アドルノや社会研究所を毛嫌いしていた。社会研究所が生活費の援助と絡めてベンヤミンに思想的に圧力をかけ、さらに彼を見殺しにしたという批判が、

ハンナ＝アーレント

戦後になってアドルノに対して行われたことがあったが、これには彼女の意見も一役買っていた。しかし、ショーレムも証言しているように、アドルノと社会研究所はベンヤミンを最後まで親身になって支援しつづけた。

スヴェンボルでの対話

一九三四年に社会研究所から生活費の支給を受けるようになっても、パリにおけるベンヤミンの生活は貧困の極にあった。そのために彼は、同じくパリに亡命していた妹ドーラの下宿をまた借りして生活したり、さらにかつての妻ドーラ＝ケルナーのもとに身を寄せたりせざるをえなかった。彼女はベンヤミンと離婚した後、イタリアのサンレモで下宿屋を経営しており、ベンヤミンとの間にふたたび友情あふれる関係を回復していたのであった。ベンヤミンは、一九三四年の一一月から翌年の春までサンレモに滞在し、さらに一九三七年の夏および冬から翌年初頭まで、ふたたびそこに滞在している。

さらに同じ経済的理由から、ベンヤミンはブレヒトの亡命先にも逗留《とうりゅう》している。ブレヒトは、デンマーク領フィーン島のスヴェンボルに亡命していた。ベンヤミンは、一九三四年の六月から一〇月、一九三六年の七月から九月、一九三八年の六月から一〇月と三回にわたってこの地に滞在し、文学や哲学や政治についてブレヒトと語り合っている。また彼はここに碁を持ち込んで、ブレヒトと楽しんだり、論文を執筆したりした。彼はスヴェンボルでの生活を次のように報告している。

「屋根裏部屋の重たい大きな机のまえに坐ると、左手には海岸があり、静かな細長い海峡があって、向こう岸の森へ続いている。気持ちのいいほど静かで、海峡をすぎる漁船のエンジンの騒音も、眼をあげてその小船を眺めるきっかけとなるだけに、かえって好ましい。隣りにブレヒトの家があり、そこにはぼくの好きな子どもがふたりいるし、ラジオと夕食と、じつにしんせつなもてなしと、食後の一回ないし二回の長いチェスの勝負がある。」

このスヴェンボルにおいてベンヤミンは、ブレヒトと討論を行い、さらにラジオで世界情勢の推移に耳をすました。ブレヒトとの討論の内容は、ベンヤミンの日記ふうのノートに記録されており、それは後にまとめられて『ブレヒトとの対話』という表題で戦後になって出版された。スヴェンボルにおけるブレヒトとの討論の中心的なテーマは、フランツ＝カフカ（一八八三～一九二四）の小説の解釈をめぐるものであって、この問題について彼はブレヒトと激しく論争した。しかしラジオから伝わってくる世界情勢が破局に向かっているということについては、彼らの意見は一致していた。「スヴェンボルの魅力のひとつにラジオがあり、それはいまでは、以前のいつにもまして使いみちがある。たとえばぼくは、ヒトラーの国会演説を聞くことができたが、これはぼくが彼の声を聞いた最初だった。その効果のほどは、きみに想像がつくだろう。」ヒトラーがドイツの総統兼首相となる直前の一九三四年七月に、彼はショーレムにこう書き送っている。

「多くの希望が現存しているが」

「この惑星の上では、これまでに数知れぬほどの文化が、流血と戦慄のうちに滅んでいっている。もちろん、この惑星がいつの日か流血と戦慄をあとにしたひとつの文化を経験する、ということは当然にのぞまれる……。けれども、そういう贈りものをぼくたちが〔この惑星の〕一億回めなり四億回めなりの誕生日にもたらせるかどうか、このことはおそろしく疑わしい。そしてそれができないなら、ついにはこの惑星はぼくたちへの、かれにお祝いをすることを不注意にもなおざりにしたぼくたちへの、罰として、世界を屠《ほふ》って食卓にのぼせることだろう。」ベンヤミンは一九三五年の一〇月に世界情勢についてこのように悲観的に見ていた。そして世界は、破局へと進みつつあった。ベンヤミンは、一九三六年に、ゲーテを中心としたドイツ市民《ブルジョワ》階級の時代を回顧した書簡集『ドイツの人びと』をデートレフ＝ホルツという筆名でスイスから出版したが、この年、ドイツはラインラントに進駐した。さらにスペインでは、ファシズム勢力の支援を受けたフランコ中佐が人民戦線派に対して反乱を起こし、内乱が始まっていた。「……スペインの闘争がぼくらにとっても重大な意味をもちうる、という点では、きみはぼくと同意見だろう（ついでだが、昨日、イビサも内戦の舞台になったというニュースを聞いたとき、ぼくは独特な感情に襲われた）」と、彼は八月に友人に書いている。しかも、ベンヤミンが期待を寄せてきたソ連は、スターリン体制のもとで専制主義的国家に変貌し、共産党幹部の大量粛清が始まっていた。「むろんぼくは、ロシアのできごとに大いに注目している。絶句しているのはぼくだけではない、とぼくは思う」と、彼はホルクハイマーに書き送っている。一九三七年を通じて、スペインの人民戦線派は敗退していき、ヨーロッパにおけるファシズムの勝利が明白になってきた。そして一九三八年になると、ドイツはオーストリアを併合し、さらにチェコのズデーテン地方を占領した。こうしてドイツのヨーロッパ征服が開始されるにつれて、戦争の暗雲がヨーロッパを覆い始めた。ベンヤミンがこの年アドルノに送った『ボードレールにおける第二帝制期のパリ』について、「これはいわば、戦争とこれとドチラガ先ニ駈ケツクカ、といった仕事だった」と、彼は語っている。そしてこの年の一一月、ドイツにおいてユダヤ人に対する組織的な迫害《ポグロム》が開始された。破壊されたユダヤ人商店のガラスの破片が路上に散乱して美しく輝いた「ガラス破片の夜《ライヒスークリスタルーナハト》」を境に、ユダヤ人はすべての財産を没収され、強制収容所に送られていった。

しかもベンヤミンの家族もまた悲劇的な運命を辿っていた。ずっと独身で、社会事業に携わっていた妹のドーラ＝ベンヤミンは、一九三五年から脊椎《せきつい》の関節の硬化する病気に襲われ、病状は悪化の一途を辿っていた。「ぼくの妹が重い、じつのところ望みのない病気なのだ。数年前からかの女を悩ましていた慢性的な苦痛に加えて、動脈硬化がだいぶ進んでいる。妹の体力は極度におちており、ほとんど毎日寝たきりでいる」と、彼はアドルノ夫人に書いている。さらに弟のゲオルク＝ベンヤミンは医者で、しかも共産党の市会議員であったが、一九三三年に逮捕され、「ヴィルスナクの刑務所に移され、そこで道路工事をさせられて」いた。この弟ゲオルクは一九四二年に殺害された。妹のドーラは、戦争が勃発した後、スイスに脱出したが、結局は病気のために一九四六年にスイスで死亡した。すべての状況がますます悪化していくこの一九三八年に、ベンヤミンはショーレムに次のように書き送っている。「したがって、カフカのいうように、無限に多くの希望が現存しているのだが、ただ、それはぼくらのためではない。」

最後の日々

皆の去るなかで

戦争が不可避であることは、一九三八年にはすでに明らかであった。この年アドルノは、「迫りくる戦争とフランスの不可避的な崩壊をすでに確信していたので、できるだけ速やかにアメリカへ渡ることを試みるべきだ、それからのことはアメリカで何とかなるだろう、とベンヤミンを再度強く誘った。しかしベンヤミンはこれを拒否して、〝ヨーロッパに守るべき立場がある〟とはっきり述べたのだった」。

一九三九年になると、かつて妻のドーラ＝ケルナーはロンドンに亡命した。一人息子のシュテファンもまた、一九三八年にウィーンからイタリアへ脱出し、母とともにロンドンに亡命した。「かの女はいまイギリス人の仲間と組んで、ロンドンに下宿屋を開いている。シュテファンの帰化は見込みがある。かれが大学入学資格をロンドンで手に入れることにも、期待がもてる」と、彼は一九三九年の二月に書いている。ドーラ＝ケルナーは、ロンドンへの亡命の際にベンヤミンを誘ったが、彼はそれをことわった。ブレヒトもまたデンマークからスウェーデンへ亡命し、その際にベンヤミンを誘ったが、彼はそれもことわってしまった。またこの年の二月にはドイツの秘密国家警察《ゲスターポ》は、ベンヤミンを共産主義者とみなして、彼の市民権を剥奪《はくだつ》していたので、彼はいまやフランスでは、ドイツからの亡命者としての旅券の他にはいかなる身分証明書ももっていなかった。

労働キャンプへ

一九三九年八月三日、ヒトラーとスターリンとの間で独ソ不可侵条約が調印され、いよいよドイツは戦争の準備をととのえた。ベンヤミンは、しばらく後になって、この条約について友人に次のように述べている。「まったく気が軽くなった。これでロシアとは決定的に手が切れる。これまでずっといやな気がしていたんだ。」

一九三九年九月一日、ドイツはポーランドを攻撃し、第二次世界大戦が始まった。しばらくして、パリに在住しているすべてのドイツ人は、パリ市外のコロンブ競輪場につくられた収容所に集まるようフランス当局から指令が出された。この競輪場に赴いたベンヤミンは、その後しばらくして封印列車に乗せられ、パリの南方およそ二〇〇キロの地点にあるヌヴェール市の強制収容所に送られた。

身体の衰弱していたベンヤミンは、ヌヴェール駅から歩いて約二時間のところにあった収容所まで一人で歩くことができず、見知らぬ青年に助けられねばならなかった。彼は、医師の健康診断の結果、肉体労働を免除された。赤痢が蔓延《まんえん》する厳しい環境のなかで、彼は、哲学の野外講座を開いたり、収容所内で新聞を発行しようと計画したりした。ようやくこの年の一一月になって彼は、このニエーヴル県、ヌヴェール市、サン＝ジョセフ耕作地にあった「自由志願労働者キャンプ」を釈放された。こうして彼がパリに戻ることができたのは、友人のアドリエンヌ＝モニエ（一八九二〜一九五五）が奔走したおかげであった。パリで書店を経営していた彼女は、シュルレアリストたちとも親交があった。

思想的な遺書

パリにもどった彼は、一九三九年の二月から七月にかけて書き上げた「ボードレールにおけるいくつかのモチーフについて」に続く「ボードレール論」の第一章と第三章の執筆に取りかかった。「国立図書館《ビブリオテーク・ナシオナル》は再開された。で、ぼくはいくらか元気を回復し、原稿類の整理がついたらまた仕事にとりかかるつもりでいる」と、彼は同年一一月にホルクハイマーに宛てて書いている。この頃のベンヤミンは、すぐにアメリカへ発つのか、パリにとどまるか迷っていたが、結局はパリにとどまることを選んだ。「ぼくが交友関係および仕事によってどれほどフランスに結びつけられているかは、いうまでもない。ぼくにとってこの世で〔パリの〕国立図書館に代わりうるものはないだろう」と、彼は一二月には書いている。

こうして彼は、一九四〇年になっても、まだパリにいた。収容所生活を送ってから彼の健康は急速に悪化し、心臓が弱ってきていた。「ぼくは外を歩くのにもひどい困難をおぼえている。道のまんなかで三、四分ごとに立ちどまらなくてはならない。もちろん医者に診てもらい、心筋炎が確認された。どうやらそれは最近ひどく悪化したらしい」と、彼はこの年の一月に書いている。しかし彼は一月一一日に国立図書館《ビブリオテーク・ナシオナル》の入館許可証を一年間延長し、本格的に研究を再開した。「ぼくが久しぶりで図書館に顔を見せた最初の日、館内はちょっとしたお祭りさわぎだったことを報告しておかなくてはならない。とくに資料複写室ではそうだった。ここの係員は何年も前にぼくの資料カードの一部を写真でコピーしてくれたのだが、今度はまた最近の数ヵ月の間に、コピーをこしらえるために沢山のぼくの原稿類が運びこまれるのを見たのだった」と、同じ手紙に彼は書きしるしている。

こうしてベンヤミンはボードレール論の執筆を再開した。彼は亡命者として「あらかじめ許可を得てからでなければパリを離れることができない」のであって、しかも一度パリを離れたらもうもどることは困難であったから、「ぼくは〝ボードレール〟に決めた」と決意したことは、亡命のための最後の機会をやりすごして、あくまでもパリを離れずにボードレール研究を続ける決心をしたことを意味していた。しかし、この時点でおそらく彼は、自分の人生の終わりが近づいているのを予感したようである。なぜなら彼は、一九四〇年の二月から五月にかけて「歴史の概念について」という断片を彼の思想的な遺書として執筆しているからである。ボードレールという「このじつに手ごわい対象は、目下ぼくにつきまとって離れずにいる。ぼくはなんとかして、この対象がつきつけてくる要求にこたえなければならぬ。打ち明けていえば、ぼくはまだぼくがのぞむほどには、集中的にこの対象にとりくめないでいる。その理由のひとつは、テーゼにかかわる仕事だった。これのいくつかの断章を、近いうち君に送ろう。」彼は、一九四〇年五月七日にアドルノにこう書いているが、ここで「テーゼ」と呼ばれているものが「歴史の概念について」であった。しかし病身の妹ドーラに口述筆記させたこの断片は、アドルノには送られなかった。「これらの覚え書きを公表するという考えほど……ぼくから遠いものはないということを君に述べる必要はない」と、彼はアドルノ夫人に書き送っている。こうしてベンヤミンの思想を凝縮して論じたこの断片は、彼の遺書となった。「ベンヤミンの死がその公表を義務づける。このテキストは遺書となったのだ」と、アドルノは後に書いている。ベンヤミンの絶筆となったこの作品は、一九四一年の六月になって社会研究所に届けられた。

ポル-ボウでの自殺

一九三九年の九月に戦争が始まってからも、西部戦線では「睨み合い《ジッツクリーク》」の状態が続いていた。しかし一九四〇年五月一〇日になって、ドイツ軍は一三七個師団の大軍をもって西部戦線で「電撃戦《ブリッツクリーク》」を開始した。フランス軍はたちまちにして粉砕され、六月一四日にパリは陥落した。

ベンヤミンは、五月末か六月初めに妹とともにパリを脱出して、南フランスのスペインとの国境の町ルールドまで逃れた。ここで彼は、アメリカ合衆国への入国ヴィザを手に入れてニューヨークへ渡ろうと計画している。「いまぼくは恵まれた状況にいるから、ヴィザさえ交付されれば、たぶん早急にニューヨークに到着できるだろう。……教授のポストに任命されれば制限外のヴィザがもらえるから、それが事をはかどらせる一番手っ取りばやい方法だろう。おそらくそれが唯一のチャンスだ。あれこれ考えると心が曇ることが多々あるが、かてて加えて、パリに残してくることを余儀なくされた原稿――および家財道具のことが心配だ。」彼は六月一六日にルールドからホルクハイマーにこう書き送っている。

その後、彼は、ドイツ軍の占領地域となったルールドから非占領地域のマルセイユに行き、そこでヴィザの交付を受けようとした。「ぼくは、被占領地域の領事館とは連絡をとる気になれない」と、彼は八月二日にアドルノに書き送っている。そして八月初旬にようやくベンヤミンは、ルールドからマルセイユに入った。この時に彼は妹と別れた。当時のマルセイユには、亡命を求める人々が溢れていた。ジークフリート＝クラカウアーやハンナ＝アーレントもマルセイユにいて、ベンヤミンと同じくアメリカ合衆国への入国ヴィザを求めて待っていた。彼女の回想によれば、ベンヤミンはマルセイユで彼女に向かって幾度か自殺の意図をもらしており、アメリカへの亡命にあまり乗り気ではなかったという。「アメリカも彼には魅力ある土地ではなかった。かれが口ぐせのように語っていたところによると、そこでは人々はたぶんかれに対して、かれを〝最後のヨーロッパ人〟として観覧に供するために、国中をあちらこちらとひきまわすこと以外に何の効用も見出さないであろう。」ドイツ市民階級《ブルジョワ》の末裔として生きてきた彼は、この市民階級《ブルジョワ》が育んできたヨーロッパ文化が最終的に崩壊したことをこの時に見届けた。たとえアメリカに亡命しても、もはやこれまでのようにこの階級の遺産を食いつぶしながら無為徒食の生活をおくることはできなくなるであろうし、何よりもまず、この新大陸には、彼の幼年時代を取り巻いていた市民階級《ブルジョワ》の文化的遺産は存在していなかった。

それでも彼は、マルセイユでアメリカ合衆国への入国ヴィザをアメリカ領事館から交付された。しかし彼は、フランスからの出国ヴィザを手に入れられなかった。フランス政府は、ナチスに敵対的な亡命ドイツ人だけでなく、兵役義務年齢内のドイツ人の出国を認めないよう指示されていたのである。やむなく彼は、国境を越えてスペインに入り、そこからポルトガルのリスボンに出て、アメリカへ渡ろうとした。一九四〇年九月二六日、ベンヤミンは六人の亡命者とともにピレネー山脈を越えてスペインへ脱出した。険しい山道を一二時間歩いて、その日の夕方に彼らは、バルセロナにほど近い国境の港町ポル－ボウにたどりついた。そしてそこには最後の壁が待っていた。彼らはポル－ボウで入国を嘆願したが、スペイン警察に拘留され、フランスへ送還すると脅迫されたのである。その夜ベンヤミンは、かねてからもしもの時のためにもっていたモルヒネを大量に飲んで自殺をはかった。翌朝彼はまだ生きていたが、胃洗滌《せんじょう》されることに激しく抵抗して、あくまでも死を選んだ、と目撃者は語っている。彼の自殺に心を動かされたスペインの国境警備官は、彼に同行

ベンヤミンの墓
ポルーボウにある

してきた仲間には入国を許可し、ポルトガルへ向かうことを許した。仲間の一人だった女性がベンヤミンのための墓地を購入し、彼の遺体はポル-ボウに埋葬された。仲間たちはリスボンへの旅を急いでいたため、葬儀には参列せず、ベンヤミンは、友人にも知人にも見守られることなく、この港町に葬られた。

しばらくしてハンナ＝アーレントはポル-ボウでベンヤミンの墓を探したが、見つけることができなかった。その時のことを彼女はショーレムに次のように書いている。「見つけようがありませんでした。どこにもかれの名が記されていなかったのです。……小さな湾に面した墓地からは、直接に地中海が見晴せます。それは岩山を切りひらいて階段状につくられており、立ち並ぶ石の壁に柩がおさめられています。それは……わたしがこれまでの生涯で見たもっとも幻想的な、もっとも美しい場所のひとつです。」

II　ベンヤミンの思想

『ベルリンの幼年時代』の冒頭でベンヤミンは、次のような題詞《モットー》を掲げている。

「おお狐色に焼けた凱旋記念塔よ
幼き日々の冬の砂糖をまぶされて」

彼が麻薬の実験のなかで垣間みたこの幻想的な風景は、彼が自分の過去の記憶のなかから救い出した夥《おびただ》しい画像のなかでも、最も印象ぶかく最も貴重なものだったにちがいない。彼が少年の日に歩いたベルリンの白い雪景色のなかで、この帝都の中心部にあった凱旋記念塔もまた白く雪を戴いていた。しかもそれは、沈み行くヨーロッパ文明の最後の残照のような夕日を浴びて輝いていた。この画像が、少年の日の彼の脳裏に刻まれて、長い忘却の歳月を経て、ふたたび甦《よみがえ》ってきたのであった。そしてもしかしたら彼は、ポルーボウで大量のモルヒネを飲んで自殺した時、うすれていく意識のなかで、この画像をふたたび想い出して、そのなかへ還っていったのかもしれない。

一九四〇年にベンヤミンを死に追いやった歴史の激動のなかで、ベルリンもまた徹底的に破壊された。彼が『ベルリンの幼年時代』や『ベルリン年代記』において克明に描いた都市景観は、ズタズタに引き裂かれ、ブランデンブルク門のすぐ傍にあるこの凱旋記念塔のあたりで、ベルリンは高い壁によって東と西に分断された。そして一九八九年になってようやくこの壁が取り払われて、ドイツ現代史の深い傷が癒され始めるまでには、ベンヤミンの死後さらに半世紀の歳月が必要であった。

ドイツ人はこれからこのベルリンを、ベンヤミンが少年の頃に見た姿へと徐々に復元していくのであろう。そしてそれと同じように、彼の生涯の軌跡を辿ってきたわれわれもまた、彼の思想の全体像を復元する作業に取りかかることにする。この雪に輝く凱旋記念塔や、木洩れ日の揺らめく中庭や、薄暗い歩廊《ロッジア》といった幼き日々の楽園《エデン》の風景を甦らせることが、彼の思想の一貫した目的であった。彼が取り扱った驚くほど多彩な主題《テーマ》は、すべてこのひとつの目的と願望によって生気づけられている。彼の最初期の習作『青春の形而上学』から彼の最晩年の遺稿『歴史の概念について』までを辿りながら、このひとつの思想の発展の跡をみていくことにしよう。

青春の形而上学

いばら姫の夢

ベンヤミンは、一九一一年に発表された理論的な処女作「いばら姫」やその他の論文のなかで、青年運動の理論を展開している。この処女作においては彼は、茨《いばら》の棘《とげ》で刺されて眠り続けるいばら姫の童話に言及しながら、青年をこのいばら姫にたとえている。激動の時代がやってきているにもかかわらず、青年はまだ眠り続けている、とベンヤミンは考える。「……青年はいばら姫である。それは眠っており、彼女を自由にするためにやってくる王子様に気づかないのである。」このような青年を目醒《めざ》めさせて社会改革の運動に動員することが青年運動の任務である。そして彼は、青年によるこの社会改革運動がもつべき性格を、ゲーテの描いたファウスト博士の性格のうちに求めている。それは、つねに理想を追求しつづける若々しさという性格である。「青春の最も普遍的な代表者はファウストである。ファウストの全生涯は青春である。なぜなら彼は決して限界づけられず、実現せねばならない目標をいつも見ていたからである。そして人間は、彼の理想を完全に現実へと転換してしまわない間は、若いのである。」

さらにベンヤミンは、このような青年運動の思想をドイツ－ロマン主義の芸術理論に結びつけている。ロマン主義者であったフリードリヒ＝シュレーゲル（一七七二～一八二九）は、一八〇〇年に発表した『詩に関する討論』のなかで、ロマン主義の時代を若返りの時代として規定していた。彼によれば、人類は今や若返るか没落するかの岐路に立っていた。そしてロマン主義的な詩は、歴史の始源にあった太古の自然力を表現することによって、この若返りに寄与するものであった。ロマン主義的な詩は、最初の人間たちの黄金時代をふたたび甦らせようとするものであった。ベンヤミンは、一九一三年の「ロマン主義、学生に対するひとつの架空の演説」のなかで、シュレーゲルにしたがって、詩の機能を若返り作用のうちに求めている。「大人からわれわれが聞いているところでは、幾千もの優れた詩や劣った詩が述べているのは、彼らはもう一度若返るためならすべてを与えるだろうということなのである。」そしてベンヤミンによれば、このようなロマン主義的な芸術が目ざすものは、青年運動が目ざすものと一致している。なぜなら青年運動もまた、幼い頃や若い頃の情感や感受性を大切にして、それにしたがって社会変革を目ざす運動であって、そのかぎりでは若返りを目ざす運動だからである。初期の若々しい人類がもっていた経験やものの見方は、現在では詩のような芸術によってわれわれに伝えられており、また子どもや青年の感受性のうちに辛《かろ》うじて保存されている。このような若々しい感受性にもとづいた社会を、芸術を通じて回復しようとするのがロマン主義であり、青年文化を確立することによって実現しようとするのが青年運動である。したがってベンヤミンによれば、青年運動を推進している意志は、「ロマン主義的で、しかも若々しいのである」。

ベンヤミンの最初期の作品に示されているこのような思想は、すでに彼のその後の思想の基本的な骨格を示している。『いばら姫』で示された夢と目醒めに関する主題のまわりを、ベンヤミンは生涯にわたって回り続けることになる。また「ロマン主義、学生に対するひとつの架空の演説」は、社会変革の運動としての青年運動と、詩などの芸術作品の機能を明らかにする文学批評とが彼のうちでは最初から結びついていたことを示している。そしてこれらの主題は『青春の形而上学』において、ユダヤ思想の色彩をはっきりと帯びたものへとまとめられることになった。

難解な作品

ベンヤミンは一九一三年から一四年にかけて『青春の形而上学』という作品を執筆している。これはきわめて難解な作品であって、不思議な寓意的表現に満ちたその神秘的な文章は容易には読解されない。この作品は古代ユダヤの預言者たちのみた幻影についての記述に似せて書かれており、激情と陶酔のなかに立ち現れる幻影について語る時のような謎めいた表現に満ち溢れている。ここにおいてベンヤミンは、『旧約聖書』におけるユダヤの預言者の系列に連なる幻視者として登場している。この作品は、青年運動の時代のベンヤミンの総決算ともいえるものであり、彼のその後の思想の方向を示すものとしてきわめて重要である。それは、「談話」「日記」「舞踏会」という三つの章から成っていて、「談話室《シュプレヒザール》」グループの中心的メンバーとして活動していた学生時代のベンヤミンの生活を彷彿《ほうふつ》とさせるイメージで溢れている。彼は『ベルリン年代記』のなかで、シャンデリアや鏡やフラシテンの安楽椅子で飾られていたベルリンの喫茶店で青年運動について議論し合ったり、そこにいた娼婦たちを眺めた日々について回想しているが、このような学生生活が『青春の形而上学』の背景をなしている。

フロイト

フロイトの『夢判断』の影響　ユダヤ教の伝統のなかでは夢の意味を説き明かすことに大いに興味がもたれ、夢判断の本が数多く出版されていたが、このような文化的背景のもとでフロイト（一八五六～一九三九）は、一九〇〇年に彼の代表作『夢判断』を出版した。ベンヤミンがいつ頃フロイトのこの本を知ったのかは定かではないが、後にベンヤミンは自らの批評活動のことをはっきりと「夢判断」と呼んでいることからみて、フロイトのこの著作はベンヤミンに何らかの影響を与えているとおもわれる。そして『夢判断』におけるフロイトの思想とよく似たものが、すでに『青春の形而上学』のうちに見られるのである。

フロイトによれば、夜の夢のなかに現れるものは多くの場合は幼年時代の欲望である。ただし幼年時代には性的禁忌《タブー》のようないかなる抑制もなしに自由に現れることのできた欲望は、人間が成長するにつれて文化生活によって抑圧され、忘却させられるのであって、人間が眠っている時でさえも理性によるこの抑制や抑圧がやむことはない。したがって人間が眠っている間に理性や意識の監視の目を盗んで幼年時代の欲望が夢のなかに甦る際にも、それは理性の検閲を恐れて、遠回しに表現される。したがって夢を理解するには、その表面的な内容の背後に立ち入って、その隠された本当の意味をとらえる必要がでてくる。この隠された意味を明らかにすることが夢判断の役目である。そしてフロイトはシラーの書簡を引用して、芸術家による創作活動もまたこの夢の形成と同じような過程を辿るだろうと推測している。これときわめてよく似た考えをベンヤミンは『青春の形而上学』において展開する。すなわちロマン主義が回復しようと努力し、青年運動が手ばなすまいと固執しているあの神的な経験は、個人の子ども時代や人類の原始時代が過ぎ去ってしまった後では、意識の表面においては忘却されてしまい、夢や芸術作品などのうちに同じように無意識に歪曲され隠されてそれとなく思い起こされるのである。

談話の中の娼婦の沈黙

「日々われわれは、眠る者たちのように途方もない力を用いている」と、ベンヤミンは『青春の形而上学』を書き出している。時間が流れていくにつれて若々しい力は日々破壊されて、われわれの後にはその瓦礫《がれき》の山が積み上がってくるが、われわれは眠る者のように生活していて、稀《まれ》にしかそのことに気づかない。しかしすべての談話の真の内容は、過去となった青春についての認識であり、その後の瓦礫の荒野を前にした恐れである。談話はつねに、忘却された偉大さを歎いているのである。ただし談話において語る者は、自分が語る言葉のこの真の意味に気づいていない。『夢判断』においては、自分がみた夢について語る者は、自分の話を聞く心理学者によってはじめて自分の夢の真の意味を知るように、談話において語る者もまた、自分が語ろうとしていることを、聞き手の沈黙によってはじめて知るのである。これと同じことは芸術においても当てはまる、とベンヤミンは続けている。天才的な芸術家もまた自分が本当は何を語っているのかを知らない。しかし、夢の真の意味が精神分析家の夢判断によって解読されるように、芸術家が作品のうちで無意識に望んでいることや、祈っていることは、芸術家の言葉を盗み聞きする批評家によって解明されるのである。

ここからベンヤミンは突然に女性、特に娼婦について語りはじめる。すでにベンヤミンは一九一三年の書簡のなかで娼婦の問題を文化そのものの本質にかかわる問題として語っていた。それによれば、「ぼくらは文化のまえでは物品、物件にさせられている」のであって、その意味では、「ぼくらみんなが売春婦だ」と言えるのである。そして最も露骨に物件にされている「娼婦が、完成された文化衝動を体現する」と言えるのであった。このような娼婦理解に立ってベンヤミンは、談話のなかで沈黙しながら聞く者としての娼婦を問題にする。言葉を語る男性を前にして娼婦は沈黙したままそこに立っているのであるが、娼婦のこの姿によってはじめて男性は、言葉によって文化を築き上げてきた自分たちが心の奥底で望んでいるものを知るきっかけを与えられるのである。夢の表面的な意味の下に夢の真の意味が隠されているように、談話において男性が語る言葉の表面的な意味にしたがえば、そこでは文化的な諸々の価値が一見すると尊重されているかのようにみえる。しかし談話が娼婦の沈黙に出会う時、談話のなかで真に求められているのは、人間をすべて物件にしてしまう文化という瓦礫の荒野ではなく、人間が物品や物件にされないような過去の子ども時代の輝かしい世界であることが示されるのである。「それ故に女性は理解の前で意味を守る。女性は言葉の乱用を避け、自らを乱用させないのである。」女性のうちでも特に娼婦が何故にこのような役割を果たすのかということは、談話において真に求められている子ども時代のあの聖なる経験の性格から明らかになる。すなわち幼児は眼前の対象の魅力に否応なくひきつけられて、その対象を眺め、舐《な》めまわし、もてあそぶ。このことからも窺《うかが》われるように、ベンヤミンにとってかけがえのない幼年時代の経験の本質をなしているのは、対象との性的快感に満ちたエロス的な交流である。したがって文化生活のなかでこのような経験が忘れ去られてしまった時に、この経験のかけがえのなさを思い起こさせるきっかけをつくるのは、過去のこの輝かしい経験の本質をなしているエロス的な欲情そのものがまさに物件として売られているようなものであり、それが娼婦なのである。文化の倒錯した性格を最もよく体現している娼婦の姿が逆に健康で若々しい経験について教えるということは、言語表現における反語《イロニー》のように、完全に転倒されて反対の意味を表現する言葉が話者の伝えたい本当の意味について教えるのと同じことである。

「生命の書」日記

若々しい青春の時間とは満たされた静止であり、不死の時間である、とベンヤミンは考える。しかしわれわれが日常の社会生活の雑事にふりまわされているうちに、この至福の静止は失われ、子どもの頃には豊かに満ち溢れてほとんど動かないようにおもわれた時間はますます乏しくなっていき、死という終点に向かってますます速く流れていく。この空しさを感じた人間は子ども時代を思い出す。「その頃は時間はまだ逃走せず、自我は死をもたなかった。」この静止した豊かな時間を回顧するうちに、ひとは不思議な忘却のうちに陥り、そこから日記（Tagebuch）が現れる、と彼は述べている。この日記は「生命の書」とも呼ばれているが、このことからも明らかなように、それは『旧約聖書』における「生命の書」に関係している。『旧約聖書』で語られている「生命の書」は、救済に関わるものであって、この「生命の書にしるされた者は聖なる者ととなえられ」（イザヤ書4・4）、その「書に名をしるされた者は皆救われ」（ダニエル書12・1）るとされるのであるが、ベンヤミンがここで述べている日記もまた、そこに書かれている人間を救済し、彼の子ども時代の至福の時間を甦らせる保証となるものである。ベンヤミンによれば、この日記は余白をあけて書かれている。談話において語られた言葉の本当の意味は沈黙のうちに示されているのと同じように、日常生活のあわただしい時間の流れという破局のなかで忘却されてしまった楽園《エデン》の至福の静止した時間は、記憶の奥底に置かれた日記というテキストの「余白（日記の沈黙）」のうちに記録され保存されている。この余白に潜む意味が解読される時、子ども時代のこの時間は救済されるのである。

風景の復活

救済された時間のなかで復活してくる子ども時代の至福の経験は風景として現れる、とベンヤミンは考えている。そして彼がここで語っている風景にはワンダーフォーゲルの日々の経験が色濃くにじみでている。「あらゆる出来事は風景としてわれわれを取り巻いている。なぜなら諸物の時間であるわれわれはいかなる時間も知らないからである。樹々の傾きと地平線と鋭い尾根だけが突然多くの関連をもって成長してくる。それらはわれわれをそれらの中心に置くからである。風景はわれわれをその中心に据え、樹木の梢《こずえ》はわれわれに問いかけて身を震わせ、渓谷は霧によってわれわれを暗くし、見馴れぬ家々はその形によってわれわれを圧迫する。これらすべてがわれわれに起こる。われわれはその中心点なのである。」このような経験のなかでは「諸物がわれわれを見ている」。そして自然とのこの合体においてひとはひとりの女性に出会う。「風景はわれわれに恋人を送る。……風景は、すでに女であるただひとりの娘を知っているのである。」この恋人こそは、沈黙する娼婦の姿がわれわれに暗示しているものである。この永遠の女性は日記の余白に隠れており、われわれが彼女に再会できるのは夜の夢のなかだけなのである。

ベンヤミンによれば、子ども時代の至福の経験とは自然の対象との性的な交わりであって、エロス的衝動にもとづくものであった。したがってこの経験は恋人の姿で現れるのである。しかしこの経験はいつしか忘れ去られ、風景は消滅し、永遠の恋人は失われてしまう。それでも昼間の単調な灰色の日常生活のなかで緊張にさいなまれた自我が疲れ果てて眠る時、「眠る精神は鉄筆をもって日記を書いた」のであって、夜の夢が綴るこの日記の余白のなかに至福の経験はつかの間のあいだ甦り、永遠の恋人は一瞬その姿を現すのである。この夢のなかの日記が解読され、その余白に書き込まれた言外の意味が明らかになった時にはじめて、至福の経験も愛《いと》しき恋人も甦り、われわれは救済されるであろう。

舞踏会と夜明け

われわれは「夢を枕のなかに押し込み、夢を置き去りにしてしまう」と、ベンヤミンは嘆く。夜にみた夢は朝になればほとんど忘れ去られているだけでなく、辛うじて記憶に残った夢の意味は、娘たちの顔が紗《しゃ》のヴェールに覆われているように、深く隠されている。しかしひとは夢の不思議な物語や女性のヴェールの奥に、求めるものが輝いているのを感ずることができる。それは、着飾った娘たちと踊る舞踏会が始まる時の感じに似ている、とベンヤミンは述べている。「娘たちの頭が厚く覆われているように、彼女たちの眼は不気味なもの、夢の密かな巣であり、それは近づきがたく、完成を前にして輝いている。音楽はわれわれに夢のように作用して、われわれすべてを、あのまばゆく照らされた場所へと引き上げる。君はその場所を知っている。それは、オーケストラがヴァイオリンを合わせた時にカーテンの下からのぞく場所である。」舞踏が始まると男女はおずおずと手を握り合い、手に触れた服の形から相手の身体を感ずる。太古の楽園《エデン》ではアダムとイヴは一糸まとわぬ裸で相対していたが、その輝かしい身体は今では服で覆われてしまっている。それは、「きわめて明るい風景のなかでわれわれに出会う」あの永遠の女性を暗い夜が夢のなかに追いやっているのと同じである。「われわれは、色とりどりのもの、覆われたもの、裸を拒むもの、裸を約束するもののうちに、裸を縛りつけてしまったのである。……夜はこの夜ほど身体を欠いて、無気味で、純潔だったことはない。」

『旧約聖書』のなかでユダヤ人たちは、長く辛い夜が終わって明るい太陽が昇る瞬間を待ちのぞんできた。「夜回りよ、今は夜のなんどきですか」（イザヤ書 21・22）と彼らは問う。同じようにベンヤミンも問う。「今ではないとすれば、いったいいつ夜は明るさに到達し、光が射し込むのか。いったいいつ時間は克服されるのか。」ほんのわずかの希望がある。つまり「われわれは窓のない家のなかにおり、世界のない広間のなかにいる」が、この閉ざされた空間のなかでわれわれは夢をみて、過去の記憶を甦らせる。その時「われわれは夜の深紅色の結晶のなかに泡立つ陽光を楽しんだのである」。この夢が読み解かれ、夢のなかの日記が正しく解釈されるならば、その時われわれは朝の光のなかに目醒め、かつての楽園《エデン》の日々の不死の時間が甦るであろう。

きわめて神秘主義的なこの『青春の形而上学』はベンヤミンの思想の「根源」をなしている。すなわち、小さな種子が芽を吹いて、枝を伸ばし、巨大な樹木へと成長していくように、この作品のなかに萌芽的に含まれていた多くの主題が、彼のその後の著作活動のなかで展開していくことになる。

批評の理論

批評家ベンヤミン

第一次世界大戦とともに青年運動は崩壊したが、それ以降もベンヤミンのうちには青年運動の思想が脈々として生き残った。そして彼は別の分野でこの思想を展開していくことになる。つまり彼は、深い眠りのうちにあるような社会生活のなかで人々がみる夢としての芸術作品のうちに潜んでいる幼年期への憧憬を、これらの芸術作品の真の意味として明らかにしようとするのである。この作業のための専門的な分野が文学批評であった。そしてこの時期以降のベンヤミンの「職業」とは何かを強いていうならば、彼は批評家（Kritiker）であった。すでに彼は、一九一五年の「学生の生活」のなかで、あらゆる現在の地下深くに埋められているユートピア的状態の要素を発見して取り出すことは批評の仕事であると述べていた。したがって彼によれば、「危機と批判にみちた精神生活をおくることは学生の義務」なのである。この批評ないしは批判という作業が今やベンヤミンの仕事の中心をなしてくる。一九二〇年の書簡のなかでは彼は、文学批評という分野で哲学的な仕事を行いたいという希望を表明している。「文学＝批評というひとつの文学ジャンルは、芸術と、少なくとも潜勢的には体系的な思考でなければならぬとぼくが考える本来の哲学との、中間の領域の全域にわたって」いるのだが、「このジャンルには絶対に、根源的な原理がある」。この根源的な原理を哲学的に明らかにしつつ、文学批評を行うのがベンヤミンの望みである。つまり「ぼくは、ぼく自身の仕事のなかでも、批評の根源的な根拠を、批評の価値を、自覚するにいたっている」のである。後になっても彼は、「ぼくの学問――文学史と批評」という言い方をしており、彼の「目標というのはドイツ文学の批評での第一人者と見なされることなのだ」と言明している。

批判と危機と審判

こうして批評家として個々の文学作品を批評する一方で、批評という作業の根拠を哲学的に明らかにしようとするベンヤミンの方向が、それ以前の青年運動の時代の思想といかに繋《つな》がっているかを理解するためには、批評ないしは批判（Kritik）という言葉がヨーロッパの諸言語においてもっている意味を明らかにせねばならない。この言葉は古代ギリシア語の krisis に由来し、このギリシア語は「弁別すること」「裁判で判決を下すこと」を意味している。またこのギリシア語の krisis から派生した現代語が危機（Krise）である。つまり決断がなされて決定が行われる瞬間としての危機において判決を下すことが批評ないしは批判ということの本来的な意味である。したがって病気の患者の病状が山場を迎えて、生きるか死ぬかの決定がなされる状態としての危篤もまた krisis という語の意味となるのである。後にベンヤミンは

「危機と批評」という雑誌を出版しようとしたが、その際に彼は明らかにこのような語源的な関連を念頭に置いている。そして彼は批評というものをこのような本来的な意味において理解している。「判決し評決する批評が、回復されねばならない」と、彼は述べている。

判決を意味する krisis という古代ギリシア語は、やがてユダヤ教的な伝統のなかに受け入れられたが、そこではこの言葉は「神の裁き」あるいは「神の審判」を意味する。「神をおそれ、神に栄光を帰せよ。神のさばきの時がきたからである」（ヨハネ黙示録 14・7）と述べられる際の「さばき」はギリシア語の krisis の翻訳である。こうしてキリスト教において krisis というギリシア語で表現されることになった「神の裁き」は、古代ユダヤ教の伝統のなかでは歴史の終局における神の救済を意味していた。たとえば『旧約聖書・ダニエル書』では次のように語られている。「その時あなたの民を守っている大いなる君ミカエルが立ちあがります。また国が始まってから、その時にいたるまで、かつてなかったほどの悩みの時があるでしょう。しかし、その時あなたの民は救われます。すなわちあの書に名をしるされた者は皆救われます。また地のちりの中に眠っている者のうち、多くの者は目をさますでしょう。」（ダニエル書　12・1-2）　したがってユダヤ教においては審判は、大天使ミカエルによって、あの生命の書に記録されているものたちを救済する行為として行われるのである。

ベンヤミンは彼が行おうとしている批評をまさにこのような審判として理解している。したがって彼の批評は何よりもまず救済するのである。「ぼくが意図しているのは古い文書の〝救済〟であり」、批評が目ざすものは、「裁きの日」における「救済された夜」である、と彼は書簡で述べている。幼年期の至福の経験は時間のなかで忘れさられ、その記憶は生命の書としての日記の余白に辛うじて記録されて、夜の夢や談話のなかにそれらの言外の意味としてさりげなく現れるにすぎない。この聖なる静止状態の記憶とそれへの憧憬を文学作品の真の意味として明らかにすることが、ベンヤミンにとっては批評の使命であり、この時に文学のテキストは救済され、生命の書に記録されたものは甦らされ、夢の意味は解読されるのである。

このようなわけで、ベンヤミンにとっては批評とは神の審判として天使のなせる業《わざ》である。彼は一九二一年にパウル＝クレーの版画「新しき天使《アンゲルス・ノーヴス》」を手に入れて、この版画を彼の批評活動を表現する寓意画とみなした。そして彼は、一九二一年から翌年にかけて「新しき天使《アンゲルス・ノーヴス》」という表題の批評雑誌を出版しようと計画した。このクレーの「新しき天使」は、『旧約聖書』において神の審判をもたらすとされる天使ミカエルに対応するものとして位置づけられている。つまりベンヤミンは、古代ユダヤの預言者ダニエルが天使ミカエルの働きとして示した神の審判を、文学批評という新しい形態でくりかえそうとしているのであって、その際の「新しき天使」のイメージをクレーの版画に求めているのである。ベンヤミンは人間のもつ批評能力を天使的な能力とみなしていた。「芸術、真理、法。たぶんすべてはぼくらの手から奪われるが、そうとしても、形ならぬ批評は奪われまい。

これをなしとげるのは言語のわざではなくて、各人の頭部をめぐる光輪の、はるかな円環のわざだ。」彼は書簡でこのように述べている。また、ちなみに述べれば、後にベンヤミンの親友となったアドルノの回想によれば、ベンヤミン自身の風貌にも多分に天使的なところがあった。つまり、「彼には身体をもっていないようなところがあった」のであり、「彼はある種の後光をもっていたのである」。

預言者ダニエル

大天使ミカエルによる救済としての審判に関する幻影をみた古代ユダヤの預言者ダニエルの物語は、批評家としてのベンヤミンを理解するうえで欠くことのできない背景を与えているようにおもわれる。ダニエルは、ユダヤ民族がバビロンに捕囚された際にこの都市に連れてこられたユダヤの四人の知恵者の一人である。「この四人の者には、神は知識を与え、すべての文学と知恵にさとい者とされた。ダニエルはまたすべての幻と夢とを理解した」（ダニエル書1・17）と述べられている。このダニエルがバビロンで行ったことは、そのほとんどがベンヤミン自身の行ったことに関連している。まず第一に、ベンヤミンの思想に対してフロイトの『夢判断』が深い関連をもつことはすでに述べたが、ダニエルはバビロニアの王ネブカドネザルのみた夢の解釈を行って、その夢の真の意味を解き明かしており、この点でフロイトとベンヤミンに先んじている。第二に、彼はネブカドネザルの息子のペルシャザル王のために、燭台と相対する王の宮殿の塗り壁に指で書かれた文字の意味を解読してみせた。同じようにベンヤミンもまた批評家として文学テキストの意味を解読するだけでなく、手で書かれた文字についての筆跡学的分析を得意としていた。「今月ぼくは、筆跡学的分析を三件やって、一一〇マルク稼いだ」と、彼は一九二〇年の書簡に書いている。そして最後に、ダニエルは幻視者であって、「脳中に幻を得たので、彼はその夢をしるして、その事の大意を述べた」(ダニエル書 7・1)のに対して、ベンヤミンもまた夢や幻覚を記録して考察することに大いに興味をもっていた。すなわち彼は、ハシッシュによる幻覚に興味をもち、「麻薬の実験」の「被験者」となって、「なかば実験記録に関係づけて」メモを残しているからである。

またちなみに述べれば、『ダニエル書』の経外書《アポクリファ》である『ダニエルとスザンナ』は世界最初の探偵小説とされているものであって、そこではダニエルが名探偵となって推理をはたらかす。そしてベンヤミン自身もまた探偵小説にひじょうな興味をもっていた。「都合できるかぎりの探偵小説をかきあつめること」は、彼が生涯にわたって行ったことであった。ここで探偵術がベンヤミンにおける批評に関連していることはたやすく見てとれる。すなわち彼によれば夢や文学テキストは、それが表面的に表している事柄とは異なった意味を指示しているのであって、この本当の意味は深く隠されていて容易には捉えられない。そこで批評家は、夢や文学テキストのあちこちに散らばっている断片的な手がかりを集めて、それらを適当に組み合わせて隠された意味を読み取り、忘却された経験を夢やテキストの真の意味として甦らせねばならない。そしてこのような思考法は、後に遺された手がかりから過去の事件を再構成してみせる探偵術と同じものなのである。いずれの場合においても、眼前の対象はそれ自体として興味をもたれるのではなく、何かそこには存在しないものを意味する記号あるいは徴《しるし》として興味をもたれているのである。手がかりを集めて推理する探偵のように、文学テキストのうちに散乱している手がかりからその真の主題を推理するのが批評家である。パウロによれば、「ユダヤ人はしるしを請い、ギリシア人は知恵をもとめる。しかしわたしたちは、十字架につけられたキリストを宣《の》べ伝える」（第一コリント書 1・22）。ベンヤミンはダニエルと同じようにユダヤ的伝統にしたがって文学テキストのうちに「しるしを請い」、その意味を解き明かすことによって、テキストのうちに隠されているこの意味を救済するのである。

暴力に対する批判と暴力による批判

ベンヤミンによれば、このような神の審判としての批判ないしは批評は決して文学作品に対してのみ行われるものではなく、むしろ本来的には聖書における審判のように歴史の過程に対して行われるものであった。あるいは文学作品において作者や読者が真に希求していることがらをこの作品の真の意味として明らかにして救済するという批評は、このように願望されているユートピア的な状態を歴史過程の意味として救済して現実のものとするような政治的な批判に連なるものでなければならない。ここにおいてベンヤミンの文学批評は、かつての青年運動における社会変革への意志と連なることになる。このことを明らかにしているのが、一九二一年の『暴力批判論』である。

暴力批判論というこの論文の表題は二義的である。なぜならベンヤミンはこの論文のなかでは「暴力に対する批判」と「暴力による批判」を取り扱っているからである。すなわちベンヤミンはここで二種類の暴力を区別している。一方には、法を制定し、法を維持する暴力がある。この暴力が国家権力を支え、社会生活の規律を支えているのであって、このような暴力に支えられない社会というものはこれまで存在しなかった。それは「運命的な暴力」であり、神話的な暴力であって、すべての社会生活を拘束するものとして「従来の世界史上のあらゆる存在状況の呪縛《じゅばく》圏」を形成している。他方でベンヤミンは、これとは別の種類の暴力が存在しうることを示唆する。それは神話的な暴力に対する神的な暴力である。神話的な暴力は法を制定し、この法を犯した人間を罰することによってその罪をつぐなわせるが、神的な暴力はむしろ罪を取り去って人間を救済する。

神話的な暴力にもとづく罪と罰との因果的な連関を衝撃的なかたちで断ち切ってしまう、この神的な暴力の例をベンヤミンは『旧約聖書』における神の裁きに見出しているが、さらに彼は、ジョルジュ＝ソレルが一九〇八年の『暴力論』のなかで構想しているプロレタリア‐ゼネストのうちにその現代的な例を発見している。なぜなら無政府主義《アナーキズム》的なマルクス主義者であったソレルによれば、無産階級《プロレタリアート》による暴力としてのゼネストは国家権力を廃絶するために行われるのであって、法制定的な暴力から人間を解放するために行使される暴力だからである。そしてベンヤミンによれば、神的な暴力をこのように行使することによってもたらされる世界においては、嘘が罪として罰せられず、詐欺も処罰されなくなるのであって、「暴力がまったく近寄れないほどに非暴力的な人間的合意の一領域、〝了解〟のほんらいの領域」が現れるのである。こうしてかつての幼年時代の輝かしい経験を文学作品の隠れた意味として明らかにして救済する批評に対応するのは、歴史の過程に電撃的に介入して国家権力を廃絶してしまう神的な暴力としてのプロレタリアーゼネストである。このゼネストこそ神の審判の現代的形態であり、文学作品に対する批評は、このような革命をもたらす政治的行為に結びつけられる。そしてここにおいてベンヤミンは、ソレルを媒介にしてマルクス主義に接近していくのである。

ドイツ-ロマン主義の芸術批評とゲーテの親和力

ロマン主義の芸術

ベンヤミンが一九一九年に学位論文としてベルン大学に提出した『ドイツ-ロマン主義の芸術批評の概念』は、一九二〇年に出版された。このなかでベンヤミンは、彼がすでに青年運動と結びつけていたドイツ-ロマン主義の芸術理論を取り上げて検討し、とくに批評に関するフリードリヒ＝シュレーゲルの考えを跡づけながら彼自身の批評の概念を明確なものにしようとしている。

古典主義の芸術に対立するものとして、一八世紀末から一九世紀にかけて現れたロマン主義の芸術は、主題とその表現との間の不一致を問題にする。当時のドイツの哲学者ヘーゲル（一七七〇～一八三一）が『美学講義』で述べているところによれば、真に美しきものや神的なものは直接に感覚的に表現されうると古典主義は考える。「古典主義芸術においては、具体的な内容それ自体は人間性と神性との統一であり、しかもその統一は、まさにたんに直接的であって即自的であるが故に、また直接的かつ感性的なかたちで適切な表現に達するのである」と、ヘーゲルは述べている。これに対してロマン主義によれば、真に美しく神々《こうごう》しいものは、人間の感覚に映ずる事物をはるかに凌《りょ》駕《うが》しており、直接的かつ感性的なかたちでは適切に表現されない。ヘーゲルによれば、「ロマン主義的な芸術形式は、理念とその現実性との完成された統一をふたたび廃棄し、……象徴的芸術のうちで克服されずに残っていた両者の対立と区別のうちにふたたび入り込んだのである」。本当に表現したいものは適切に表現されることができず、表現したいものと表現されたものとの間にはつねに食い違いがある、というのがロマン主義芸術の前提である。しかしロマン主義芸術もまた芸術である以上、適切には表現できぬものを何とかして表現しようとする。ここからロマン主義に独特の表現技術が生じてくる。すなわち主題をいかに表現するかは偶然性と芸術家の気まぐれに委ねられ、作家は対象を忠実に模写するように表現するかとおもえば、それらをゴチャゴチャに並べ換えて、戯画的に表現したり、美しいものを表現するためにわざと反対に醜いものを表現したりするのである。こうしてロマン主義に特有の表現形式としての皮肉あるいは反語《イロニー》（Ironie）が成立する。この言葉のもとになる古代ギリシア語の eirōneia は、「隠すこと」「しらばくれること」「偽ること」を意味している。

作品を完成させる批評

このようなわけでロマン主義の芸術においては、芸術作品の表面的な内容とその真の主題とは一致していない。この点においてロマン主義の芸術は、フロイトの『夢判断』における夢や、『青春の形而上学』における談話や日記や娼婦と同じような性格をもっている。このような芸術はそれ自体で完成したものとはいえない。その隠された意味がさらに明らかにされて、ようやくそれは完成したものとなるのである。ロマン主義において芸術作品のこの隠された意味を明らかにするものが批評である。そしてロマン主義における批評のこの役割がベンヤミンの注意を引くのである。彼がロマン主義における批評の概念を論ずるのは、「芸術作品の批評の基礎づけが、ロマン主義の永続的な業績のひとつだったから」に他ならない。

ベンヤミンによれば、ロマン主義は批評というものを芸術作品の自己反省とみなしていた。すなわち夢を見たものは夢判断を媒介にして自分の夢の真の意味を理解するように、芸術作品は批評を媒介にして自らの真の主題を反省し、これを理解するようになるのである。「したがって、批評とは、いわば芸術作品における実験なのであって、この実験をつうじて芸術作品の反省が喚起され、また、芸術作品は自己自身を意識し認識するようになる。」批評によって芸術作品が自己反省を行う時、芸術作品の隠された意味が明らかになる。「……批評がなすべきことは、作品それ自体の秘められた構想を明るみにだし、そのかくされた意図を執行することにほかならない。」こうして批評をまってはじめて芸術作品はその目的を達成できるのである。したがって「ロマン派のひとたちにとって、批評は作品の判定であるよりもむしろ作品を完成する方法なのだということは明らかである」。

作品を解消させる批評

批評がこのように芸術作品の隠された意図を明らかにすることによって、芸術作品は一方では完成するが、他方では芸術作品としては解消する。

なぜなら芸術作品がもっている芸術性とは、作家の言わんとすることが直截に語られるのではなく、間接的に回り道を迂回して、さまざまな比喩やイメージにくるんで表現されるところに存するからである。夢がもっている不気味で不可解で魅力的な性質は、ひとたび夢判断がなされれば解消するように、芸術作品の真の意図が批評によって明らかにされるならば、その芸術性は雲散霧消してしまう。「したがって批評は、……一方においては作品の完成、補足、体系化であり、他方では絶対的なもののうちでの作品の解消である。」夢判断によってひとは夢から醒《さ》めるように、批評がもたらす「反省の醒めきった性質」によって芸術作品はその芸術性から目醒めるのである。言語の表現形式を比喩として用いてこのことを述べるならば、芸術作品の芸術性とは夢みるような韻文であるのに対して、批評は醒めた散文である。「批評とは作品それぞれのなかにある散文的核心を析出することなのだ。」ここからさらに批評とは翻訳に似ていることが明らかになる。ロマン派の詩人ノヴァーリス（一七七二～一八〇一）が、「批評と翻訳とをたがいに接近させながら、作品をある言語から他の言語へと媒介するたえざる橋渡しのことを考えている」のはもっともだ、とベンヤミンは考える。なぜなら批評とは、「韻文」で綴られた芸術作品を散文に翻訳することだからである。ちなみにフロイトもまた、夢とは、隠された欲望を別の言語に翻訳したものだと考えていた。

さまざまの芸術作品は批評によって自己反省を迫られて、その隠された意図を明るみに出すが、この時に、ある光が現れ、たったひとつのイメージが眼前に現れる、とベンヤミンは論じている。このイメージとは、幼年時代の至福の経験であり、楽園《エデン》における静止した時間がもたらす光景である。これをベンヤミンはここでは芸術作品の理念《イデー》と呼んでいる。多くの芸術作品がさまざまな表現の装いのもとで密かに意図しているものは、かつての汎神論的な経験において現れる楽園《エデン》の光景というただひとつの理念《イデー》なのである。「それ（批評）はひとつのイメージのなかで具体化され、作品のなかで眩輝《げんき》をつくりだす。この眩輝――かの醒めきった光――が作品の多数性を解消させる。この光が理念《イデー》なのだ。」シュレーゲルは詩の若返り作用について述べていたが、過去の幼年時代の記憶を芸術作品の理念《イデー》として明らかにする批評によって、この若返り作用は今やはっきりと意識されるようになる。そして時間の流れを中断させて意識を過去へと遡《さかのぼ》らせて若返らせるこの芸術批評の作用は、生命の書に記録されている死者を塵のなかから復活させる神の審判と同じような性質をもつ批判（Kritik）の作用に他ならない、とベンヤミンは考える。したがって彼によれば、「ロマン主義の核心たるメシアニズム」について語ることができるのである。

ゲーテの影

自分自身が考えている批評にきわめて近いものとしてロマン主義の芸術批評の概念を分析したベンヤミンは、いよいよ次に彼自身の文学批評を実地に応用してみせた。

ゲーテ

その成果が一九二二年に書かれた『ゲーテの「親和力」について』である。この作品はオーストリアの詩人で劇作家のフーゴー＝フォン＝ホフマンスタール（一八七四〜一九二九）によって絶讃され、彼が主宰していた雑誌に一九二四年に掲載された。

ベンヤミンがこの作品で取り上げているゲーテは、ベンヤミンに最も大きな影響を及ぼした作家の一人である。すでに彼は処女作の『いばら姫』のなかで青春の象徴としてゲーテのファウストを挙げていたが、この伝説的な錬金術師ファウスト博士についてゲーテが創造した物語は、その後のベンヤミンの批評理論に決定的な影響を及ぼすことになる。さらにベンヤミンにとってゲーテは、ドイツ市民階級《ブルジョワ》の理想を体現していた。第一次世界大戦の勃発とともにベンヤミンは、彼自身の階級であったドイツ市民階級《ブルジョワ》の没落を確信したが、彼にとってこの階級の最も輝かしい時代はゲーテの時代であった。彼は一九二八年の小品『ワイマール』のなかで、ゲーテが生活したこの都市を訪れて、朝市を目撃したときの印象を、ドイツ市民階級《ブルジョワ》の運命と重ね合わせて次のように書いている。「しかし、私が着替え、外へ出て、自ら舞台を踏もうとした時には、もはやその輝きとすがすがしさは消えていた。私は理解した。すべての朝の贈るものは、日の出と同じく、その頂点においてこそ享けられることを欲するのだ。……ひとつの朝ほどに、一度去って、二度と呼び戻せぬものはない。」またベンヤミンは一九三六年に偽名で『ドイツの人びと』を出版したが、二五通の手紙を集めたこの本は、「ゲーテの青年期にあたる」「あるひとつの時代のはじめ」から、「ゲーテの死によって」ようやく感じられるようになった「あの時代のおわり」まで、つまり一八世紀末から一九世紀末までの百年間を扱っている。つまりベンヤミンが愛惜して止まないドイツの市民《ブルジョワ》階級の墓標として編集されたこの本は、ゲーテを中心に構成されているのである。さらにベンヤミンは、結婚に対するゲーテの態度に共感している。学問を職業に従属させ、異性への愛情を結婚という社会的規律に従属させることに反対していたベンヤミンは、ゲーテの生涯のうちに結婚への同じような反対を見出したのである。ベンヤミンは一九二八年に『大ソヴィエト百科事典』の「ゲーテ」の項目のためにゲーテ論を執筆したが、そのなかでも彼は、「結婚に対するゲーテの三〇年以上にわたる闘い」に言及している。そしてこの結婚の問題は、『ゲーテの「親和力」について』の内容そのものにかかわっている。

事実内容と真理内容

芸術作品の表向きの内容とその密かな意図との間の区別を、ベンヤミンはここでは芸術作品の事実内容と真理内容との区別と呼んでいる。したがって批評の役目は、事実内容に覆い隠されている真理内容を明るみに出すことである。「批評は芸術作品の真理内容《ヴァールハイツ・ゲハルト》を、注釈はその事実内容《ザッハ・ゲハルト》を追求する。」同じようにフロイトは『夢判断』のなかで夢内容（顕在内容）と夢思想（潜在内容）を区別しているが、このうち夢思想（潜在内容）が真理内容に対応するものである。したがって夢判断が夢の潜在内容を明らかにするように、批評は芸術作品の真理内容を明らかにする。その場合、芸術作品がすぐれたものであればあるほど、その真理内容は深く隠され、事実内容との関連は謎めいたものになっている。「したがって、作品の真理がその事実内容のなかにもっとも深く埋もれているような作品こそ、持続性をもった作品であることが示される。」またこのような作品こそ批評しがいのある作品である。

さらにベンヤミンによれば、芸術作品のうちにこのように深く埋もれている真理内容を明らかにする批評は錬金術に似ている。「ひとつの比喩を用いて、成長していく作品を燃焼する薪の束と見なすならば、注釈者は化学者《ケミスト》のようにそのまえに立っているし、批評家は錬金術師《アルケミスト》に擬することができる。化学者にとっては、薪と灰だけがかれの分析の対象にとどまっているのにたいして、錬金術師には、焔そのものだけがひとつの謎、生命あるものの謎を守りつづけている。かくして批評家は、かつてあったものとしての重い薪と体験されたものとしての軽い灰とのうえで燃えつづけている生きた焔のなかに、作品の真理を探るのである。」醒めきった光として現れる芸術作品の理念《イデー》は、ここでは焔として現れる芸術作品の真理内容とされている。またここでも批評は作品を解消させる。なぜなら錬金術としての批評は、作品の真理内容を取り出すために、作品を燃焼させて灰にしてしまうからである。

このようなものとしての批評は、芸術作品の表面的な「いつわりの美しさ」や「美の仮象」を破壊し、ヴェールによって覆い隠されたものとしての真の美を示すものでもある。古典主義の芸術作品が示しているような表面的な美しさは虚偽である。本当に美しいものとしての真理はそのようにはっきりと眼にみえるかたちで具体的に現れはしない。この表面的ないつわりの美を破壊して真理を明らかにするのが批評であるが、それはかつての談話における沈黙のような「もの言わぬもの」によってこのいつわりの美を破壊する。「つまり、ひとを迷わすいつわりの総体――絶対的な総体を、このもの言わぬものが打ち砕くのである。もの言わぬものによって、ようやく作品は完成されるのだが、その作品はそれによって打ち砕かれ、真実な世界の断片となり、ある象徴のトルソーとなる。」つまりその作品は、ある完全な全体の断片であることが示され、批評は断片からこの全体の姿を垣間みせるのである。ただしベンヤミンによれば、芸術作品の芸術性というヴェールで覆われた全体としての真に美しいものとは、このヴェールを取り去れば、ずっとそこにあるといったものではない。つまり「美は仮象ではなく、ある別なもののためのヴェールではない。……美しきものとは、ヴェールでもなく、ヴェールにおおわれた対象物でもない。美しいものとは、ヴェールというかたちをとった対象なのである。」薪の束が燃焼する間だけ現れる焔のように、批評が芸術作品の芸術性のヴェールを取り去る瞬間に、美しきものはつかの間のあいだ閃《ひらめ》くにすぎない。ヴェールが取り去られてしまえば、作品の真理内容としての美は消え去っているであろう。このことをベンヤミンは『ベルリンの幼年時代』のなかでは、「くるくると丸められ」て「小さな袋物のような形をしていた」羊毛の靴下の中身を取り出そうとした思い出として語っている。靴下の中身を取り出そうとすると、「〝中身〟はその袋からすっぽり抜け去って、しかも袋そのものも、もうなくなっていた。こうしてわたしは、あの謎にみちた真理、つまり形式と内容、〝中身〟と袋とは一体であるという真理を、何回も繰り返して験《ため》してみても飽きることはなかった」のである。

結婚の真理内容

ゲーテの『親和力』では、エードアルトとシャルロッテという夫婦がそれぞれに不義密通の罪を犯し、妻に生まれた不義の子供は事故で死に、夫エードアルトを愛する女性オッティーリエは、彼への愛情を断ち切れずに絶食して自殺し、エードアルトもその後を追って死ぬという悲劇が描かれている。この小説を支配しているのは、結婚という社会的規律に縛られた人々が、この規律にもとづく罪と罰の連関に巻き込まれて破滅していくという重苦しい運命であり、この運命のうちに示される神話的な暴力である。「……情熱は、それが市民的生活、裕福な生活、保証された生活と契約を結ぼうとするばあいには、その権利と幸運のすべてを失う」ことがそこでは示されている。そしてベンヤミンの批評は、この事実内容の背後に隠された真理内容を明るみに出す。死にゆくオッティーリエの比類ない美しさはいつわりの仮象であり、真理としての美を覆うヴェールにすぎないことが示される。彼女の死が示しているのは、「愛のなかに自らをすてきれないような美は死ななくてはならない」ということである。しかし美しきオッティーリエの悲劇は、結婚という社会的規律に縛られぬ愛のかたちを暗示しており、「青春のいのちを示唆する」のである。社会的な指弾を恐れ、安逸な生活を失いはしないかと恐れて、愛する人に声もかけず、手も触れず、それどころか愛する人を眺めることすら断念しているような灰色の市民生活からは想像もできないような自由な愛が存在しうることを、オッティーリエの運命は、意味しているのである。太古の楽園《エデン》においてアダムとイヴが最初に見つめ合った時のようなエロス的情熱への希求こそが、ゲーテのこの小説の真理内容であることが示される。「それは、小説のほの暗い黄泉《よみ》の国にさしこむ、決断の明るい日の光にほかならぬ。」批評が明らかにするこの隠された真理は、「希望という秘儀」でもある。おそらくわれわれもまた、結婚にまつわる神話的運命の暴力から逃れられないであろう。しかし救済された世界における愛を希望することは依然として可能であり、批評はこの希望をゲーテの『親和力』の内奥の真理として救済し、またそのことによってオッティーリエをはじめとする悲劇的な登場人物たちをも救済したのである。「ただ希望なき人びとのためにのみ、希望はぼくらにあたえられているのだ」と、彼は結論している。

ドイツ悲劇の根源

ベンヤミンが一九二五年にフランクフルト大学に教授資格申請論文として提出した『ドイツ悲劇の根源』は、彼の主著であり、代表作である。この作品において彼は、自らの文学批評の方法論を哲学的に論じながら、一七世紀のドイツ－バロック悲劇をこの方法論にもとづいて批評してみせた。

いばら姫の眠る論文《トラクタート》

彼は一九二六年のショーレム宛ての書簡のなかで、『ドイツ悲劇の根源』への序文なるものを紹介している。ただしそれは、この作品が刊行された際にはつけられなかった。この幻の序文のなかで彼は、理論的処女作における「いばら姫」の主題にふたたび言及している。「ぼくは茨《いばら》姫の童話を再説したい。／姫は、いばらの茂みのなかに眠っている。そのあと、長い長い歳月のあとに、目をさます。／しかし、幸運の王子のくちづけによってではない。／料理人が姫を起こしたのだ。見習いの少年に平手打ちをくわせたときに、多年にわたって蓄積された力のこもるその平手打ちが、城にひびきわたったからだ。／かわいい姫が眠っているのは、以下につづくページの、いばらの茂みの蔭である。」ここで、眠るいばら姫は、忘却された至福の経験を意味している。この場合にはそれはドイツ–バロック悲劇の真理内容として、表面的な事実内容のいばらの茂みのなかに隠されて眠っているのである。このいばら姫を目醒めさせて明るみに出す料理人がベンヤミンの論文であるが、それは論文《トラクタート》という形態をもっている、と彼はこの本の序論で述べている。この論文《トラクタート》は哲学的な省察を行ってバロック悲劇の真理内容を捉えようとするが、その際に論文《トラクタート》はバラバラの微細な断片を集めてモザイク模様をつくるという方法をとる。「モザイクも省察も、個々のもの、一つ一つ違ったものが寄り集まってできている。聖像のそれであれ、真理のそれであれ、超絶的な力というものをこれほど力強く物語るものはない。」論文《トラクタート》が行う省察において集められる、このモザイクの細片とは引用文である。つまりベンヤミンのこの論文《トラクタート》は、ドイツ–バロック悲劇の諸作品からの無数の引用文によって精巧なモザイク模様を組み立てているのである。彼は一九二四年の書簡で、次のように言っている。すなわち、この論文において「書かれた部分はほとんど全部、いってみれば引用文から織り成されている。それは考えうるかぎりでもっとも精妙なモザイク模様」なのである。戯曲の一部分をこのように引用して断片として集めることは、戯曲のまとまりを破壊してしまうことであって、そのかぎりでは暴力的であり、料理人が弟子に加える平手打ちのようである。しかし、こうして暴力的につくられた引用文のモザイク模様のなかから、バロック悲劇の真理内容が明らかになり、いばら姫が長い眠りから目醒めて救済されることを、批評は目ざすのである。

理念《イデー》とエロス

引用文のモザイク模様のなかから浮き上がる真理内容とは、ベンヤミンによれば、真理としての美であり、理念《イデー》である。つまりそこには、「真理——理念《イデー》の世界——が美の本質の内実として展開されている」。そしてこの美の内実とは、すでに述べたように幼年時代の経験において現れる世界の姿であり、性的欲望としてのエロス的求愛に応《こた》えて現れる自然の姿である。この神的経験は、ここではさらに言語の性格という観点から説明されている。つまりこの理念の内容をなす経験とは、人間が対象に圧倒されて、その形や運動や音を身体で模倣して名前をつける時に現れるものである。「理念は、……言葉が認識的意味とひきかえに命名の品格をまだ失っていない根源的了解に与えられているのである。」この根源的な言語によって自然を模倣するのは、現在では主に新生児だけだとすれば、真理としての美とは、「新生児」が「宇宙的な存在形態へ完全に融合した」時に現れるものであり、主体と客体とがいまだ分離しない状態での経験において示されるものである。さらに彼は一九一八年の『来たるべき哲学の綱領について』のなかでは、「哲学は神というものをただこのような経験の総体としてのみ考えることができるし、考えねばならない」と述べている。このような聖なる経験は子どもの頃に与えられ、その後は忘却のなかに沈み込むものである。そしてバロック悲劇の真理内容をなす理念《イデー》とは、他の芸術形式の場合と同じように、まさにこのような経験なのである。

こうして幼少年期の経験を復活させようとする密かな願望が、他のすべての芸術形式の場合と同じく、ドイツ－バロック悲劇の真理内容をなし、さらにその「根源」をなしている。バロック悲劇はこの根源から展開して、さまざまに変態しながら個々の戯曲作品にまで至ったものである。かつてゲーテは、植物の形態研究を行うなかで、すべての植物は、一枚の葉からなる原基植物の変態によって形成されたと考えた。ベンヤミンは、ゲーテにおけるこの原基植物と同じようなものとして根源を捉えている。しかもこの根源は、ドイツ悲劇の発生源であると同時に、その目的である。古代ギリシア哲学では、根源を意味するアルケー（archē）という語は、ものの原因を意味するとともに、その目的をも意味しているのであるが、同じようにベンヤミンにおける根源も芸術作品の原因を意味するとともに、その目的をも意味している。つまり神的な経験についての記憶が原因となってドイツ悲劇は書かれたが、同時にドイツ悲劇は、批評されることによってこの根源がその真理内容として明るみに出されて救済されることを目ざすのであって、この批評がなされてようやく完成するのである。したがって根源の「本質は、一方では復古、復元であり、他方ではまさに、復古、復元における未完成、未完結であることが明らかにされねばならない」。

単子《モナド》としての理念《イデー》

芸術作品においてその根源として機能としているこの神的な理念《イデー》はさらに単子《モナド》でもある、とベンヤミンは論じている。単子《モナド》とは、一七世紀のドイツの哲学者ライプニッツ（一六四六～一七一六）

によって自然の究極的な構成要素とされた単純な実体のことである。物質は無限に分割されることができて、そのどんな小さな部分もこの単子《モナド》からできている、とライプニッツは考える。しかもこの単子《モナド》は、その一つ一つが宇宙全体を各々異なった角度から映し出しているのである。ベンヤミンは、芸術作品の理念がこのような単子《モナド》として存在すると考えている。なぜなら彼によれば、批評とは、遺された断片からかつての全体を復元する作業だからである。彼によれば、夢は過去の記憶の断片から構成されており、同じように芸術作品もまた過去のこのような断片から構成されている。しかもひとつの芸術作品自体もまたかつての完全なる全体の断片なのである。そして批評とは、このような芸術作品やその一部分をさらに断片として引用して、これらの断片から過去の記憶の全体をその作品の真理内容として復元しようとするものである。したがって批評は、断片のうちにかつての全体の姿を読み取ることになる。その場合これらの断片は、それが断片として全体の姿を思い起こさせるかぎり、なんらかのかたちでこの全体の姿を含んでいなければならない。この断片をさらに細かな断片に分解しても、それがいぜんとして全体の断片であるかぎり、このさらに細かな断片のうちにも同じように全体の姿が含まれていなければならないのである。したがってベンヤミンによれば、批評がこのように復元しようとする芸術作品の理念は、ちょうどライプニッツの単子《モナド》のように、芸術作品のすべての断片のなかに同じように含まれていて、過去の同じような神的経験を映していると考えられるのである。オスカー＝ワイルド（一八五四～一九〇〇）は、一八九〇年の

『芸術家としての批評家』のなかで、批評とは、考古学が化石から太古の恐竜の姿を復元するのと似た仕事であると述べていた。ベンヤミンもまた、ワイルドと同じように批評を理解しているのであって、彼の単子論《モナド》もこのような批評理解から導かれてくるのである。

このような単子《モナド》としての理念は、眼前の具体的な対象としては示されない。幼年時代の楽園《エデン》の風景をその内容とする理念《イデー》は、芸術作品のあらゆる部分のうちに封じ込められている真理内容として、批評によって復元されるのを待っているにすぎない。そしてその場合、この理念《イデー》は、批評によって作品が解体される時の燃焼の焔として一瞬閃《ひらめ》くのであり、あるいは、引用された文章のような断片が不思議な配列をなした時に、その配列がつくる図形から突然に現れてくるのである。「理念の事実に対する関係は星座の星に対する関係に等しい。……理念は永遠の星座なのであり、構成要素が点としてこのような星座の中におさめられることによって、現象は分割されると同時に救われるのである。……理念は極端なものに発する。子供たちの作る輪が母親のそばをしたってすぼまり寄ってくる時に初めて、母親がほんとうに目に見えて生きてくるのと同様に、理念も、極端なものがそのまわりに寄り集まってきた時に初めて生まれるといえる。」理念を浮き上がらせるこの配置がモザイク模様であり、それをつくり出すのが引用であることはいうまでもない。

「メランコリアⅠ」

憂鬱とデューラーの『メランコリア』　ドイツ＝バロック悲劇やシェイクスピアの『ハムレット』などでは、裏切りや陰謀や断え間ない戦争のなかで破滅していく王族たちの運命が描かれる。これらの劇を支配している感情は哀《かな》しみであり、また劇中の王族たちはしばしばふさぎの虫に取り憑《つ》かれ、憂鬱《メランコリア》の感情に襲われる。そしてベンヤミンは、この憂鬱《メランコリア》の感情を取り上げ、ドイツ悲劇の根源を探り当てる手がかりにするとともに、一般に彼自身が批評を行う際の基本的な感情として提示する。

ヨーロッパの思想史のなかで憂鬱症について最初にまとまった記述を残したのはアリストテレス（前三八四～三二二）であって、彼は、『問題集《プロブレマタ》』第三〇巻のなかで、黒色の胆汁《メランコリア》によって引き起こされる独特の気分を問題にし、哲学や政治や芸術や技術の分野で偉大な業績を残した人間は、ことごとく憂鬱症の気質をもっている、と論じている。またフロイトは、一九一七年の論文『哀しみ《トラウエル》と憂鬱《メランコリィ》』のなかで、愛する対象が失われてしまったが、何が失われたのか当人には意識されていない場合の感情を憂鬱《メランコリィ》として規定している。さらにマックス＝ヴェーバー（一八六四～一九二〇）は、ダニエルをはじめとする古代ユダヤの預言者たちの態度決定の源泉となっているのは「政治的憂鬱症」であると述べている。

こうしてヨーロッパ思想における憂鬱《メランコリア》の理解は、ベンヤミン自身の批評が憂鬱症的であることをすでに示唆しているのであるが、『ドイツ悲劇の根源』のなかでは、彼はとくにデューラー（一四七一～一五二八）の版画「メランコリアⅠ」の解釈にそって、一七世紀のバロック悲劇を支えるこの感情について説明している。デューラーのこの有名な版画は、ちょうどその頃エルヴィン＝パノフスキー（一八九二～一九六八）の図象学的研究によってその意味が解明されたばかりであった。

デューラーのこの版画の中央には、むつかしい顔をして沈思黙考する天使が描かれている。その足許には「活動的な日常生活の道具が、使われもせずに思い煩いの対象として地面に散在して」おり、その傍には犬が寝ている。犬の向こうには石があり、はるか彼方には海が広がり、その上空には土星が輝いている。この土星《サターン》の名称は、ローマ神話のサトゥルヌスに由来し、この神はギリシア神話のクロノスに当たる。サトゥルヌス（クロノス）の神はジュピター（ゼウス）の父であって、太古の幸福な黄金時代の支配者であったが、息子のジュピター（ゼウス）によって退位させられ、今では地下に幽閉されている。「一方では彼は黄金時代の支配者である……。他方では退位せしめられ、はずかしめられた悲しい神である。」憂鬱症は土星《サターン》の影響を受けているとみなされてきたが、サトゥルヌスが治めていた太古の楽園が失われてしまったことが憂鬱《メランコリア》の感情をもたらすのである。

この太古の黄金時代が、ベンヤミンにとっては幼年時代であることはいうまでもない。「幼年時代こそが憂いの水源地の発見者」なのである。土星《サターン》に支配されたこの憂鬱症の人間は、失われた楽園を求めて遠い旅に憧れる。はるかな海は、この「聖なる憧憬」を意味している。他方で憂鬱者は日常生活の雑事に興味をなくし、道具類を足許にほうり出して不活発になる。「石という不活発な塊」は、この「心の怠惰」を表しており、この点では憂鬱者は無為徒食のなまけ者、のらくら者である。しかし憂鬱症は、他方では活発な活動をもたらす。すなわち、憂鬱者はひたすら沈思黙考するからである。狂犬病にかかった犬の憑《つ》かれたような眼差しがこのことを象徴している。犬は「倦《う》むことのない研究者や詮索家の象徴」であり、「勘の鋭さと耐久力」を表しているのである。ここからベンヤミンにとってはきわめて重要な憂鬱症の規定が生ずる。すなわち憂鬱者には、ありとあらゆるものが何らか別のものを指示する不可思議な記号やしるしとして現れ、彼はそれらを文字のように解読して、その隠された意味を捉えようとするのである。「というのもこの病的状態においては、どんなに取るに足らないことでも、それに対する自然な関係が欠落していくため、何かある神秘的な知恵の暗号と化するからである。……バロックは図書館を渉猟《しょうりょう》する。バロックの思念は、書物という形をとる。」

象徴と寓意

　こうしてベンヤミンによれば、ドイツ－バロック悲劇を支配している憂鬱《メランコリア》の感情のもとでは、眼前のすべてのもの、劇中に現れるさまざまなものは、ことごとく何か別のものを意味するしるしとなり、記号と化する。憂鬱者は対象をそれ自体としては受け入れない。探偵にとってはさまざまなものがかつての事件を意味する記号、痕跡《こんせき》、手がかりであって、探偵はそれらを集めて事件を復元しようとする。また考古学者は、化石から太古の動物の姿を復元し、陶器の破片から完全な壺を再現させる。同じように憂鬱者にとっては眼前の世界はかつての黄金時代が崩壊した後の廃墟であり、憂鬱者がそこで拾い集めるものはかつて完全だったものの破片であり、かつて美しかった人間の髑髏《どくろ》である。彼にとっては破片はかつての全体を意味する記号であり、髑髏はかつての生命を指示するしるしなのである。「世界がかくも意味をもち、かくも死の手にとらわれているのは、自然と意味との間の鋸《のこぎり》歯《ば》状の境界線が死の手によってもっとも深く刻み込まれるからである。」かつての楽園《エデン》に対する漠然とした憧憬に駆り立てられて憂鬱者は、死んだ破片や瓦礫《がれき》を収集する。これらの細片が意味しているもの、あるいはこれらの細片のうちに単子《モナド》として含まれているかつての生命の輝きを憂鬱者は求める。「瓦礫の中に破壊されて残っているものは、きわめて意味のある破片、断片である。」

　隠された意味をそれとなく表現する表現形式は、ロマン主義では反語《イロニー》であったが、同じように破片や断片を用いてその隠された意味としてかつての完全なものを表現するバロック悲劇の表現形式は寓意《アレゴリー》である。ベンヤミンは、憂鬱《メランコリア》の感情にもとづく寓意的な表現形式としてドイツ悲劇を捉え、批評によってその真理内容を明らかにしようとする。そしてさらに彼は、一般に芸術作品というものをその密かな真理内容の寓意的表現とみなして解釈することを自らの批評の原理とするのである。

寓意《アレゴリー》とは、本来は「別のことを語ること」ないしは「語られた言葉を別の意味に解釈すること」である。フロイトによれば、検閲を恐れる作家は検閲官の眼を逃れるために表現を歪曲し、夢もまた理性の検閲をかいくぐるためにその真の内容を包み隠して表現するが、このような時に寓意《アレゴリー》表現が生まれる。ベンヤミンにおいては、バロック悲劇の表現方法としての寓意《アレゴリー》は、ロマン主義における反語《イロニー》と同じように、古典主義の表現形式と対比されて理解されている。すでに述べたように古典主義においては、神的なものや真に美しきものは眼に見える具体的なものとして示され、感覚に映ずる個別的なものは理念《イデー》と一致する。このことを示す表現形式が象徴《シンボル》である。象徴《シンボル》にあっては自然は美しいものとみなされ、神の本質を現象させているとみなされる。これに対して寓意《アレゴリー》においては自然は醜い姿で現れ、かつては美しく完全であったものの残骸とみなされる。「象徴においては、没落の美化とともに、変容した自然の顔貌が、救済の光のもとで、一瞬その姿を現すのに対して、寓意においては、歴史の死相が、凝固した原風景として、見る者の目の前にひろがっている。歴史に最初からつきまとっている、すべての時宜を得ないこと、痛ましいこと、失敗したことは、一つの顔貌——いや一つの髑髏の形をとってはっきり現れてくる。」時間が流れて歴史が刻まれていくにつれて、完全なものは砕けて破片となり、美しいものは崩れて醜くなり、みずみずしいものは干からびて乾燥し、生命あるものは死んで屍骸となり、若々しいものは年老いて衰える。眼前の世界をこのようなとめどない崩壊過程の結果とみなして、破片をみては完全なものを思い浮かべ、醜いもののうちにかつての美しさを偲《しの》び、屍骸をみて生命を想像し、老年が青春を意味していることを洞察するのが寓意的なものの見方である。そこでは「世界は、凋落《ちょうらく》の宿駅としてのみ意味をもつ」。こうしてみれば、娼婦とは永遠の恋人を意味する寓意なのである。

錬金術としての寓意

ベンヤミンによれば、ドイツ＝バロック悲劇がこのような寓意的表現によって行おうとしていたことは錬金術に似ている。古代から中世にかけて中国、アラビア、ヨーロッパに広がっていた錬金術は、自然の研究によって「賢者の石」と呼ばれる霊石を求めてきた。これは鉛のような卑金属を金銀のような貴金属に変える力をもつとともに、人間に不老不死をもたらす若返りの妙薬とされた。一般に魔術師でもあった錬金術師たちは、この霊石をつくるために、さまざまなものを収集し、彼らの実験室で混合したり、捏《こ》ね合わせたりしたのである。ベンヤミンによれば、この錬金術師の仕事は寓意家の仕事と似ている。「バロックの文学者の実験は、錬金術師たちの諸々の術に似ている」のである。バロック悲劇は細々《こまごま》としたガラクタを小道具として用いて、モザイク模様の物語をつくるが、これは錬金術師たちがガラクタを実験室に集めるのに似ている。「魔術師の部屋や錬金術師の実験室にみられるがらくたの無秩序な堆積と、寓意的なものとの間のこのような関係は、けっして偶然とみなされてはならない」のである。

　錬金術師は、さまざまな物質を収集したり混合したりすることによって、時間の流れを逆転させて、宇宙の始源に近い状態を復活させたり、若さを回復させたりしようとする。同じように芸術家としての寓意家も、かつての至福の楽園《エデン》の破片を収集し、それらをモザイク模様に配列し、これらの断片を寄せ集めてひとつの図形をつくることによって、この楽園《エデン》における神的な経験の記憶を回復しようとするのである。ただし芸術家としての寓意家は、芸術作品を創造する際に往々にして夢のなかのように無意識に仕事をすすめており、自らが行う寓意的な表現が何を意味しているのかを知らない。この寓意的表現の真理内容を明らかにして、寓意家の仕事を完成させるのが批評家である。つまり批評家は、寓意的に表現された芸術作品からさらに引用によって断片を収集し、これらの引用文からなるモザイク模様としての論文《トラクタート》をつくり上げる。そして批評家は、ひとつの芸術ジャンルや、個々の芸術作品や、その芸術作品のなかの個々の文章などのうちに、それらを構成している究極的な単子《モナド》として存在している芸術作品の理念《イデー》あるいは真理内容が、醒《さ》めきった散文的なかたちで最終的に明らかになるような配列をつくり出すのである。このことによって作品は解消する。「批評は作品の壊死である。」そしてベンヤミンがすでに『ゲーテの「親和力」について』のなかで述べていたように、この時に発する光のなかに、理念《イデー》の内容としてのあの青春の風景が現れるのであって、それは錬金術師が行う実験の焔のなかに宇宙の始源状態のエネルギーが現れるのと似ているのである。

ファウストと寓意家

すでにベンヤミンは最初期の論文のなかでファウストを青春の象徴とみなしていたが、伝説的な錬金術師ファウスト博士についてゲーテが創造した物語は、この『ドイツ悲劇の根源』においてもその下敷きとなっている。

ベンヤミンによれば、寓意《アレゴリー》とは知見であって、知恵を前提としている。寓意家は「破片から真の、固定された、文字のような意味を読みとる」のであり、意味ありげな断片を集めては図形をつくり、これを寓意画とみなして、その干からびた判じ絵の意味を詮索する。寓意《アレゴリー》とは、「死んだもののなかに知見を移住させることである」。そして一般的に言って、眼前のものが何か別のものを意味している記号やしるしや寓意であると認識するためには、知的訓練にもとづく知恵がなければならない。言葉や文字や図形や夢を解読するのが難しいのはそのためであり、バラバラに散乱している手がかりから事件を推理するためには、名探偵の明敏な頭脳が必要とされるのもそのためである。また自然界の因果法則を理解して、眼前の事象からそれが意味する原因や結果へと推論を進めるためには、自然科学の長い研究が必要とされるのもそのためである。したがって、しるしを解読する名手であった預言者ダニエルは、『旧約聖書』のなかで最も知恵にひいでた者だったのである。

しかし寓意家が用いるこのような知見は悪と結びついている。『旧約聖書・創世記』によれば、アダムとイヴは知恵の木の実を食べて賢くなったことによって原罪を犯して楽園《エデン》から追放されたのであって、「……知見こそが、悪の本来の存在形式である」。知見を用いて世界を寓意的に捉え、対象が言葉や文字のように、それ自身とは別の何かを意味する記号であるとみなすことは、楽園喪失以後の世界の捉え方である。なぜなら楽園《エデン》における至福の経験のなかでは、対象は何らか別のものを意味する記号としてではなく、それ自体として捉えられているからであり、言語は任意の意味を表す記号ではなく、対象の姿を模倣する名前だったからである。「〝知恵〟の木の前における、意味と罪過の統一は、一つの抽象として、アダムとイヴの堕落自体にその起源を有するのである。」この原罪によって彼らは裸を恥じて衣服によって身体を覆い隠したが、同じように真理もまた覆い隠されてしまった。したがって、衣服が裸体を意味する記号であるように、自然対象もまた断片としてかつての真理を指示する記号となったのである。かくしてベンヤミンによれば、徴《しるし》を請《こ》い願う憂鬱者の寓意的な思考は悪に起源をもっている。「憂鬱は知のために世界を裏切る」のである。ゲーテの『ファウスト』においては、錬金術師ファウスト博士は自然に関する究極的な知識を得るために悪魔メフィストフェレスに魂を売り渡す契約を結ぶが、それは科学の寓意的な知見が悪魔に由来するからに他ならない。また、ちなみに述べれば、フロイトも夢の潜在内容を解明する夢判断の技術を悪魔的な知恵とみなしていた。『夢判断』の冒頭で、「天上の神々を動かしえずんば冥界《めいかい》を動かさむ（flectepe si nequeo superos , acheronta movebo)」という言葉が掲げられているのは、そのためである。

救済する批評

『ファウスト』の末尾においては、悪魔に魂を売ることによって知見を得た主人公は、究極的な知識に到達して死ぬ。しかし悪魔が契約どおりファウストの魂を地獄へ連れて行こうとする時、天使が突然に現れてファウストを天国に救済するのである。これと同じことが『ドイツ悲劇の根源』の末尾でも起こる。憂鬱《メランコリア》の感情のなかで悪魔と結託して、さまざまな小道具を寓意的に用いて悪夢のような物語をつくってきたバロック悲劇の作者たちの作品の真理内容が批評によって最終的に明らかにされる。これらの作品の理念《イデー》の内容は、原罪以前の楽園《エデン》の風景であることが示され、これらの作品の密かな意図は、かつての幼年時代の聖なる経験を回復させることであると、判明するのである。そしてこのことによって、寓意家も寓意的な芸術作品も最後になって救済されることになる。つまり、大天使ミカエルによる神の審判としての救済と同じように、ベンヤミンの「新しき天使《アンゲルス・ノーヴス》」による批評もまた、寓意的な知恵のために悪魔に魂を売り渡したバロック悲劇の作者とその作品の真理とを最後の瞬間に救済して、かつての神的な世界を甦ら

ファウスト博士

せるのである。「ついに、バロックの死斑《しはん》の中で、――今初めて、後ろ向きの最大の弧を描き、救済を目ざして――寓意的観想は豹変《ひょうへん》する。寓意的観想への沈潜の七年間もわずか一日と化する。というのは、……悪魔の幽遠な精神に一度は身を委ねながら最後には裏切ってしまう世界は、神の世界であるからだ。神の世界において、寓意家は目覚める。」かくして悪魔が結局は、ファウストの魂を得られなかったように、「寓意も素手で帰る」のである。

プルーストとカフカ

心に触れた作家たち

ベンヤミンは、過去の時代の作家だけでなく、彼の同時代の多くの作家を批評したが、そのなかでマルセル＝プルーストとフランツ＝カフカは、彼が最も親しみを感じた作家である。ユダヤ系の大富豪としてパリに生活したプルーストと、ユダヤ系のサラリーマンとしてプラハに生活したカフカの文学のうちに、ベンヤミンは、彼の思想にきわめて近いものを見出した。したがって、この二人の作家についてのベンヤミンの批評は、たんに彼らの文学の真理内容について教えるだけではなく、むしろベンヤミン自身の思想を明らかにしている。彼のプルースト論とカフカ論はその意味で重要である。

プルーストの無意識の記憶

ベンヤミンは一九三九年の『ボードレールのいくつかのモティーフについて』のなかで、プルーストの言う無意識の記憶（mémoire involontaire）について論じている。これは自発的な記憶（mémoire volontaire）とは対照的に、知性の自由にはならないものである。この無意識の記憶は、われわれが意識して注意を払わないで漫然とやり過ごしたものだけ

プルースト

を記憶する。つまり「……明確に意識をもって体験されたのではないもの、主体的に体験として与えられたのではないものだけが、無意識の記憶の構成要素となりうるのである」。そしてこの無意識の記憶は、どうということのないきっかけによって突然に甦ってくる。プルーストは一九一三年から二七年にかけて畢生《ひっせい》の大作『失われた時を求めて』一三巻を執筆するが、少年時代の思い出を完全に復元しようとするこの作品を書くきっかけとなったのは、ある日の午後、紅茶に浸したマドレーヌ菓子を口に含んだ時の味であった。それまで彼は、少年時代を過ごしたコンブレ市についてほとんどのことを忘れていたが、このことをきっかけに、その頃の記憶が驚くほど鮮明に詳細に甦ってきたのである。過去は「知性の領土のそと、その勢力範囲のそとで、なにか思ってもみなかった物質的な対象のなかに（その物質的な対象がわれわれにあたえてくれる感覚のなかに）匿されている。われわれが生きているうちにそのような対象に出会うか出会わないかは偶然によるのである」と、ベンヤミンはプルーストを引用して述べている。ここでプルーストにとってマドレーヌ菓子が果たした役割を、バロック悲劇においては瓦礫や屍骸が果たし、ダダイズムやシュルレアリズムのような現代芸術《モダンアート》においては日常生活のガラクタが果たしているのである。また、フロイトの『夢判断』によれば、夢もまた、「覚醒時におけるように、意義の大きなものばかりを尊重せずに、反対にどうでもいいような些細なものを尊重する」。したがって、プルーストの言う無意識の記憶によって貯えられた過去の豊かな像《イメージ》は、些細な断片や破片のなかに封じ込められて、それらの断片や破片を材料として用いた夢や芸術作品の真理内容をなすものなのである。

プルーストの翻訳

この無意識の記憶を呼び醒まして幼年時代を復元しようとするプルーストの努力は、ベンヤミンを引きつけてやまぬ魅力をもっていた。「彼にとって心の底から通じ合えた作家は、恐らく、プルーストとカフカであろう」と、ショーレムは述べている。そしてベンヤミンは、『失われた時を求めて』をドイツ語に翻訳することに情熱を燃やしてきた。すでに彼は、一九二五年に友人のフランツ＝ヘッセルとともにこの翻訳に着手し、一九二七年に『花咲く乙女たちのかげに』を出版し、一九三〇年には『ゲルマント公爵夫人』を出版して、その後は『ソドムとゴモラ』の翻訳を続けていた。ベンヤミンの文筆家としての野心のひとつは、すでに述べたように、ドイツ文学の批評家の第一人者となることであったが、もうひとつの野心は翻訳家としての名声を得ることであった。『ソドムとゴモラ』を「うまく訳せれば、シュテファン＝ツヴァイクがもっているのと同じような翻訳者としての信用が、これで得られるかもしれぬ」と、彼は一九二五年に書いている。また初期のベンヤミンが傾倒していた詩人ヘルダーリン（一七七〇～一八四三）は、翻訳家でもあって、とくに古代ギリシアの悲劇作家ソポクレースの翻訳で知られているが、ベンヤミンはこの翻訳を翻訳の理想とみなしていた。「この翻訳においては二つの言語がきわめて深く調和しているために、意味は風に触れられて鳴るアイオロス琴のように言語に触れられるにすぎない。ヘルダーリンの翻訳は翻訳という形式の原型である」と、彼は一九二一年に書いていた。ヘルダーリンがソポクレースとの間に打ち立てたような関係を、彼はプルーストとの間に打ち立てようとしていたのである。

若返るプルースト

ベンヤミンは、『失われた時を求めて』を訳しながら、「仕事のさいに生まれてくる一連のわたしの観察を、アフォリズムふうに、〝マルセル＝プルーストを訳しながら〟という標題のもとにまとめてみたい、と、まえから考えて」いたが、これは一九二九年に「マルセル＝プルーストのイメージについて」という論文として発表された。この論文のなかでベンヤミンは、プルーストの言う無意識の記憶と夢との関連について説明している。それによれば、無意識の記憶とは、記憶というよりもむしろ忘却に近いものであって、夜の夢のなかに現れて、昼間は意識の深層に沈んで見えなくなってしまうものである。「ここでは、昼間は夜のなごりをあとかたもなく消し去るのだ。われわれは毎朝目をさまし、たいていはかすかにそしてばらばらに、忘却がわれわれのなかに織りなしたような過去の生活の毛氈《もうせん》のわずかな総《ふさ》を両手に保つにすぎない。しかし昼間になると、目標と結びついた行動、さらに、目標にしばりつけられた回想が、忘却の織りなす編み細工や飾り模様を消し去っていく。だからプルーストはついには、昼を夜に変じ、暗幕を張った部屋に電燈をつけ、すべての時間をすこしの無駄なく仕事に捧げ、からみあったアラベスク模様のひとつをさえ逃すまいとしたのだ。」

このアラベスク模様をプルーストは、比類なく「編目の多い緻密《ちみつ》な」テキストに織り上げたが、彼のこのような労苦を支えていたのは、「息づまるような爆発的な幸福への意志」であった。それは、「永遠に到達できないもの、根源的な原初の幸福の復活」を目ざしていた。すでに述べたように、ベンヤミンによれば、この原初の幸福のなかでは、人間は名前としての言葉によって対象を模倣し、対象と融合し、対象に類似したものになろうとする。そして、後になってこのようなかたちで対象が現れてくるのは、夢と陶酔のなかであって、それは夜の夢やハシッシュの陶酔のなかでは、この原初の幸福が、歪んだかたちにおいてであれ、甦るからであった。したがってこの原初の幸福状態を何としてでも復活させようとしたプルーストは、たんに夜の夢の状態を意識的につくり出そうとしたばかりでなく、他方では子どものように対象を模倣して類似性をつくり出そうと努力した。ベンヤミンによれば、ここからプルーストの「熱狂的な類似性《アナロギー》崇拝」が生じ、「この好奇心の強い男の擬態《ミミクリー》」が生じた。「かれ自身洩らしているように、〃見ること〃と〃まねしたがる〃こととは、かれには同一のことがらであったから、かれ自身にはこのようなコピーをする以外しかたがなかった」のである。こうしてプルーストは、昼間でも夢みることに没頭し、また社交界でも子どものように模倣や擬態に熱中して、過去を回想することに全力を傾注した。過去を忘却して、昼間の現在だけに生きている「人生の模範生にとって、偉大な業績は労苦と悲哀と幻滅の結実以外の何ものでもない」というのが彼の信念であった。そしてプルーストは、マドレーヌ菓子の味をきっかけにして過去の失われた時を回復するために、このようにして彼の生命力を消耗し尽くして年老いたのである。「それは無意識的記憶、仮借なく重ねられる年齢に拮抗《きっこう》する若返りの力、の作用である。過去に存在したものがいきいきとした〝刹那《せつな》〟のうちに映し出されるとき、ある痛ましい若返りのショックがそのものをいまひとたびおさえがたい力で、ひっ捉える。……ふつうは枯れて徐々に死んでいくものが電光石火のように生命を燃焼しつくす。この集中こそ若返りに他ならない。」

一九二九年のこのプルースト論においてベンヤミンは、批評家としての自己の生涯を、文学者としてのプルーストの生涯に重ねている。パリでユダヤ系の大富豪の家に生まれたプルーストは、ベルリンでユダヤ系の大富豪の家の生まれたベンヤミンと同じように、少年時代の思い出を再生させることに心を砕いた。そのためにプルーストもまた、ベンヤミンと同じく、いつまでも「未熟」であり、「世間にたいする不案内」から脱け出せなかった。プルーストは五一歳の時に神経性喘息《ぜんそく》のために死んだ。過去を甦らせる若返りのために彼は生命を急激に燃焼させ尽くしたのである。彼は、「われわれが孤独のうちに吸飲するもっともおそろしい薬」として、過去の回想という錬金術師の回春剤を飲んだのであった。「こうしてプルーストが手を染めたのは、命とりになりかねぬ遊びだった」のである。そして同じようにベンヤミンもまた、このプルースト論から二年後の一九三二年に、すでに述べたように、ニース近郊のジャン-レ-パンで、ベルリンの幼年時代を回想して、「これまでなかったほどの内面的な平安を感じ」た結果、疲れ果てて自殺寸前にまで至ったのである。

物語《ハガダー》と教訓《ハラシャー》

『審判』や『城』といった長篇小説や、『変身』や『流刑地にて』といった短篇小説で知られるユダヤ人作家フランツ＝カフカは、プルーストとともに、ベンヤミンの興味を引いてやまない作家であった。そしてこの作家の評価をめぐって、彼はブレヒトとショーレムとの間で板挾みとなった。

ベンヤミンは、一九三二年に執筆した『カフカ〝万里の長城がきずかれたとき〟』のなかでは、カフカの文学を寓意的なものとみなしている。つまり「……かれが描写するものはすべて、それ自身とはべつの何かについての申し立てをしているのだ」。さらにベンヤミンによれば、カフカの文学は、古代ユダヤの預言者たちの預言のように、来たるべき審判——すなわち神的な暴力の突然の介入による新しい秩序の創出——を預言しており、眼前のさまざまなもののうちにその徴《しるし》を読み取っているのであった。つまり「カフカの作品は預言的なものなのである。そこで問題となっている生は、きわめて精密にえがかれた奇妙なことがらでみちみちているのであって、こうした奇妙なことがらは、読者には地すべりの小さなしるしや、きざしや、兆候としてしか理解できないが、この

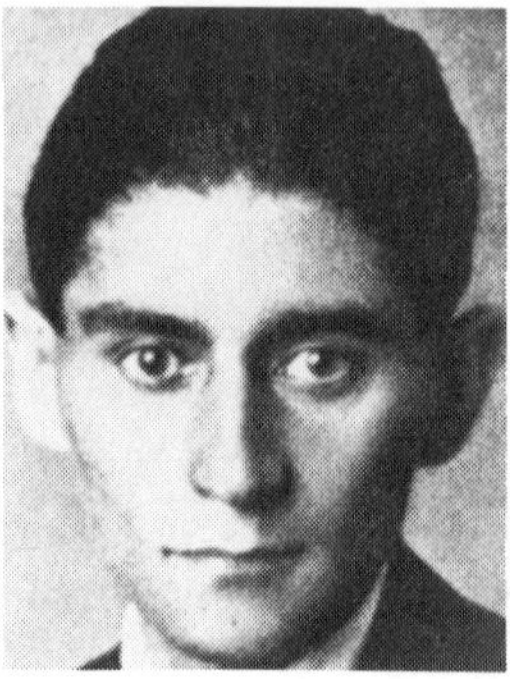

カフカ

詩人は、ありとあらゆる関係のなかにこの地すべりが起ころうとしているのを感じとっているのだ」。

こうしてカフカの小説は、表面的な事実内容が寓意的に意味している真理内容を表現しようとする寓話であるとみなされる。そしてベンヤミンは、ユダヤ教の律法学者《ラビ》の書いた物語の構造がこれに似ていると考える。「ここでぼくたちはハガダーという形式を思い出さねばなるまい。ユダヤ人のもとでは、ラビの書いたもののうち、教え——それはハラシャーというのだが——を説明したり裏づけたりする役目を果たしているそういった物語や逸話の部分は、ハガダーと呼ばれている。タルムードにおけるこうしたハガダーの部分と同じように、カフカの書物も物語の集成である。つまりカフカの書物は、たえず中断をくりかえし、詳細きわまりない記述のうちにとどまりながら、いつも希望と不安のうちに同時にある、そんなひとつのハガダーなのだ。」カフカの悪夢のような物語は、救済された至福の世界をもたらすための「ハラシャーの命令」や「箴言《しんげん》」や「教え」を暗に内に含み、それを寓意としてもたらすための表現形式なのである。したがってこの論文では、カフカの小説はブレヒトの叙事的演劇と同じように、寓意的な物語によって読者に一定の教訓を認識させるものとみなされている。ブレヒトにとって「劇場はモラルを教示する施設」であったが、カフカの小説もまた、モラル《ハラシャー》を教示する物語《ハガダー》なのである。

フロイトは、『夢判断』のなかで、夢においてみられるような寓意的表現は一般に無意識的な表象作用に特有のものであって、夢にかぎらず、民間伝承、民族神話、伝説、諺、格言、地口などのうちに豊富に見出せる、と述べている。ベンヤミンは、夢に似たこのような説話や民間伝承の系譜に属するものとして、カフカの小説を捉えるのである。そしてベンヤミンは、カフカにかぎらず、このような説話や民間伝承の伝統に属する作家に注目している。ロシアの作家ニコライ＝レスコフ（一八三一～九五）を論じた一九三六年の『物語作者』や、ドイツの作家ヨハン＝ペーター＝ヘーベル（一七六〇～一八二六）を論じた諸論文や、同じくドイツの作家ジャン＝パウル（一七六三～一八二五）を論じた一九三四年の『浸《ひた》された魔法の杖』などは、この文学的伝統を扱ったものである。ベンヤミンによれば、このような物語形式あるいは叙事詩形式は、文学における手仕事によるものである。それは、人々の心に深く埋もれている聖なる憧憬を無意識的に寓話として表現している。そして歴史の空しい変転のなかでこの真理内容は不滅のものであるが故に、このような物語は決して古びてしまうことがないのである。「情報はただこの瞬間にのみ生き、自己を完全にこの瞬間にゆだね、時をおかずに説明されねばならない。物語はまったく違う。物語は消耗しつくされることがない。自己の力を集めて蓄えておき、長時間ののちにもまだ展開することが可能なのだ。……それは、ピラミッドの密室に何年も封じこまれ、その萌芽力をこんにちに至るまで保ちつづけてきた、あの穀物の種子に似ている。」

忘却されたもののかたち

一九三一年のこの論文の直後にショーレムは、ベンヤミンに書簡を送って自らのカフカ観を提示した。それによれば、カフカの小説においては、救済の可能性が全く予見されない世界が描かれているのである。「ここには、救済の先取りの不可能な世界が言語化されている。さあ、このことを非ユダヤ人たちに解明してやりたまえ！……啓示の光が、ここでほどに恩寵をともなわずに輝いたことは、かつてなかった。これがあの完璧な散文の、神学的な秘密だ」と、彼はベンヤミンに書いている。このショーレムの指示にしたがってベンヤミンは、一九三四年に論文「フランツ＝カフカ」を執筆する。そしてそこでは、ブレヒトの叙事的演劇とは違って、カフカが語る物語《ハガダー》においては教訓《ハラシャー》はほとんど存在していないも同然だと論じられている。「教訓などありはしないのだ。せいぜい、教訓めいたものを暗示させる個所が、時折散見しているとしかいえない」のである。

ショーレムはベンヤミンに対して、「カフカ研究をヨブ記から始めること」を勧めていたが、神への信仰を験《ため》されて幾多の苦難にあったヨブの物語を扱った『旧約聖書・ヨブ記』よりもカフカの小説世界はもっと絶望的である。なぜなら、ヨブは最後には救済されるのに対して、カフカの描く歪んだ世界においては、救済の可能性については最後まで何も語られないからである。「ただかれは、太古の世界が罪というかたちでさし出してきた鏡のなかに、未来がさばきというかたちで映し出されるのを見たにすぎない。だが、このさばきをいかに考えるべきか。……これに対してカフカはなんの解答もあたえなかった。」カフカの描く世界は、原罪によって罰せられてひどく歪んでいる。しかも原罪以前の楽園《エデン》の記憶は、散乱した破片の奇妙な配列から閃光のように啓示されることもないのである。むしろ過去の聖なる経験の記憶は、忘却されたものがもつ醜さというかたちをとって残っているのである。ベンヤミンによれば、カフカの短篇『家長の心配』に登場する「オドラデクは、忘れさられた物のとるべきかたちである。それらはみにくいのである」。そしてベンヤミンは、あのいばら姫を刺して忘却の眠りにつかせたという紡錘《つむ》がオドラデクであったと考える。また彼は、子どもの頃にみた母の裁縫箱のなかに、この醜い糸巻きがあったことを思い出すのである。さらにカフカの短篇『変身』のなかで主人公が変身する毒虫もまた、忘却された物がとるかたちであるが、これらさまざまな形象は、「醜悪さの原像であるせむし男と結びついている」。この人物こそは人生における忘却の象徴である。カフカにおいては、背中に「荷物を背負うことと、眠るひとの忘却とが結びつけられているのである」。そしてベンヤミンは『ベルリンの幼年時代』のなかで、この異形の人物がいつも彼自身を見つめていたと回想している。すなわち「小人は、いつでもどこでもわたしを出し抜いた。出し抜いて邪魔をした。けれどもそのほかには、かれ、この気味の悪い代官は、わたしには何もしなかった。わたしが手に入れたもののすべてから、忘却という半分を取り立てること以外には」。こうして幼年時代の原初的な幸福は忘れ去られ、その記憶は拭《ぬぐ》い去られてしまう。後に残るのは、これらの忘却されたものが現している醜いかたちが充満した世界であって、これがカフカの小説世界である、とベンヤミンは論ずる。「もし……救世主の到来があれば、この侏儒《こびと》も消えるだろう。」

補足の世界

すでに述べたように、ベンヤミンのこのカフカ論はブレヒトの批判を浴びた。ブレヒトによれば、カフカが描いているのは、神の裁きを待っている罪深い世界などではなく、官僚制度に覆い尽くされた現代社会における市民の経験である。そして、このような現代の市民生活をただ受け入れることしかしないカフカは結局は挫折者なのであり、このようなカフカの絶望的な小説世界を批判しないベンヤミンのカフカ論は、「カフカを包む闇を切り裂くどころか、闇を一層濃密にし、拡大する」だけなのである。

ベンヤミンはこのブレヒトの批判を踏まえて、一九三八年のショーレム宛ての書簡で彼の最後のカフカ論を展開している。この書簡のなかでベンヤミンは、ブレヒトのカフカ解釈を一部分受け入れながらも、カフカが作家として天才であったことを最終的に確認し、この主要な点でショーレムに賛成している。ベンヤミンによれば、「カフカの作品は、互いに遠くへだたった二つの焦点をもつ、ひとつの楕円である。その一方の焦点は神秘的な経験（何よりもまず伝統についての経験）によって、他方の焦点は現代の大都会に住む人間の経験によって規定されている」。彼においては、現代社会についての最新の経験がユダヤ教的な神秘的経験を媒介にして与えられているのである。この最新の経験の世界とは、「この惑星の住民たちを大量に廃棄する用意をととのえている」世界である。そしてカフカにおいてはこの現実世界は、「晴やかな、天使たちを織りこんだ世界」によって補足されており、カフカはじつはこの「補足的な世界に生きている」のである。しかしこの晴れやかな神的世界は、カフカの小説の真理内容ではないし、その事実内容によって寓意的に示される教訓の内容でもない。彼の小説で展開される絶望的な物語は、救済された世界を決して意味してはいないのである。したがってカフカは、ブレヒトの言うように、予言者ではなく、むしろ挫折者である。しかしまさにこの点にカフカの天才が存している、とベンヤミンは論ずる。すなわちカフカは、完全に絶望的な世界を描き、何かを意味してはいるのだが、何を意味しているのか全く解明できない寓話を語っている、という点で比類ないのである。「カフカの真に天才的な点は、かれがあるまったく新しいことを、徹底してためしたことである。すなわち、かれは……ハガダー的な要素を堅持するために、真理を放棄したのだ。カフカの文学は元来が比喩である。しかもそれが比喩以上のものにならねばならなかったことが、かれの文学の不幸であり、また美しさである。」

ベンヤミンを魅了した二人の作家、プルーストとカフカは、このように彼にとって対照的な作家である。プルーストは、原罪以前の過去の輝かしい楽園《エデン》の記憶を回復することに全精力を費やすことで彼の文学を創造する。これに対してカフカは、この記憶を回復することを完全に断念して、現在の灰色の生活をただひたすら神話的運命における罰として描くのである。

複製技術時代の芸術

ほろびゆくアウラ

パリに亡命したベンヤミンの著作活動のひとつの中心は、『ドイツ悲劇の根源』において彼が明らかにした寓意の理論が現代芸術《モダンアート》の批評においても有効であることを立証することであった。このことを彼は、一九三五年の『複製技術時代の芸術』において行った。この論文はベンヤミンの代表作のひとつであり、そこでは彼自身の批評理論とブレヒトの文学理論とがきわめて実りゆたかなかたちで融合している。

この作品のなかでベンヤミンは、複製技術の歴史的な発展を古代ギリシアにおける鋳造と刻印から木版、銅版、腐食銅版、活字印刷を経て近代の石版《リトグラフ》、写真、レコードまで辿り、芸術作品がますます複製可能なものとなってきたことを指摘する。それにつれて、たったひとつのものとして、「いま」と「ここ」にしかないという芸術作品の性格は完全に失われてしまう。そして彼は、「複製技術のすすんだ時代のなかでほろびていくものは作品のもつアウラである」と述べている。

ベンヤミンの思想のひとつの中心概念を表すアウラ（Aura）という言葉は、本来はギリシア語であって、「動く空気」「微風」「朝の新鮮な風」といった意味をもち、さらに「愛のアウラ（aura philotēsia)」という言い方によって特に「雌の発散する魅力」を意味する。このことからもうかがわれるように、アウラとは、エロス的な欲情を喚起するような対象が発するものであり、幼年期に特有の至福の神的経験において現れる対象がもっているような性質である。そして彼は、初期の『青春の形而上学』においてこの聖なる経験が描写された際のワンダーフォーゲルの「風景」に立ち帰って、このアウラの現象を説明している。つまり「ある夏の日の午後、ねそべったまま、地平線をかぎる山なみや、影を投げかける樹の枝を眼で追う——これが山なみの、あるいは樹の枝のアウラを呼吸することである」。すでに述べたように、ベンヤミンによれば、このような至福の経験においては、人間は、彼のエロス的な欲望を掻《か》き立てる対象に名前をつけることによって、これを模倣しようとする。そして他の作品ではベンヤミンは、樹の枝をこのように名前によって模倣するということを樹と言葉との性的結合とみなし、このことが樹の枝のアウラを呼吸することだと説明している。すなわち「ぼくはとある斜面を登って、一本の樹の下で寝ころんだ。その樹はポプラか赤楊《はんのき》みたいだった。……ぼくが葉叢を眺めながら、その動きを追っていたとき、ぼくの内部で突然、言葉が樹に抱きすくめられ、両者がぼくの立会いのもと、一瞬太古のまぐあいを見せたのだ」。ここで Vermählung の訳語とされている「まぐあい」とは、「眼と眼を合わせて心を通じ合うこと」および「性交」を意味する言葉であるが、きわめて適切な訳語である。なぜならベンヤミンは、ボードレール論のなかでは、アウラを経験するということを、アニミズムの場合のように対象を生き物とみなして、特にその対象と眼と眼を合わせて心を通じ合うこととして規定しているからである。すなわち「アウラの経験は、人間社会において一般的なある反応形式を無生物もしくは自然の人間に対する関係に移しかえることにもとづいている。みつめられているひと、もしくはみつめられていると感ずるひとは眼を開く。ある事象のアウラを経験するとは、その事象に眼を開く能力をあたえることである」。

こうして幼年時代の楽園《エデン》における自然とのエロス的な交流のなかで経験される対象がもつ性質がアウラであるが、このようなアウラはこれまでは芸術作品のうちに保たれてきた。なぜなら神的経験や美的陶酔といったものは、芸術家において特に見られるものであって、芸術家は芸術作品のうちにこの経験を保存してきたからである。芸術作品がもつアウラこそ古典主義の芸術理論を支えてきたものであるが、複製技術の発展とともに芸術作品のこのアウラが消滅してきた、とベンヤミンは考えるのである。このことは、芸術が宗教的儀式から解放され、芸術作品がもっていた礼拝価値が展示価値によって置きかえられていくということを意味している。かつては芸術作品のうちには、魂のようなもの、何か神的なものが宿っていた。それはたんなる物ではなく、したがって近よりがたいところをもっていた。「アウラの定義は、どんなに近距離にあっても近づくことのできないユニークな現象、ということである。」しかし複製可能なものとしてアウラを喪失した芸術作品は、どこにでもあって代替可能な手近な物となったのである。「ぼくらがかつて芸術と呼んだものは、肉体から二メートル離れて、はじめて始まる。しかしいまでは、ガラクタとして、物たちの世界が迫ってくる。」

寓意《アレゴリー》とダダイズム

複製技術の進歩がもたらすこのような状況のなかで芸術はどうなるのか、とベンヤミンは問う。そして彼はすでに『ドイツ悲劇の根源』のなかでこの問題に対する解答を与えていた。すなわち、すでにバロック悲劇は、死んでアウラの抜け去った破片や屍骸を用いて寓意的表現を行っていたのである。「寓意的表現に傾く人々はアウラの危機を経験したという推測が容易に成り立つ」と、彼は述べている。そしてバロック悲劇は、アウラの崩壊した断片を集めてモザイク模様をつくり、これらの断片の配列のなかからかつての神的経験の姿を一瞬の閃光のように浮かび上がらせようとしてきたのである。そしてルイ＝ダゲール（一七八九～一八五一）らによって写真が発明されて、この決定的な複製技術が芸術作品のアウラを最終的に崩壊させた後、現代《モダン》芸術《アート》はバロック悲劇のような寓意的表現に向かっている、とベンヤミンは論ずる。その最初の現れは、第一次世界大戦末期にスイス、ドイツ、フランスで起こったダダイズムである。

ベンヤミンによればダダイズムは、これまでは芸術の素材とならなかったガラクタを思いもよら

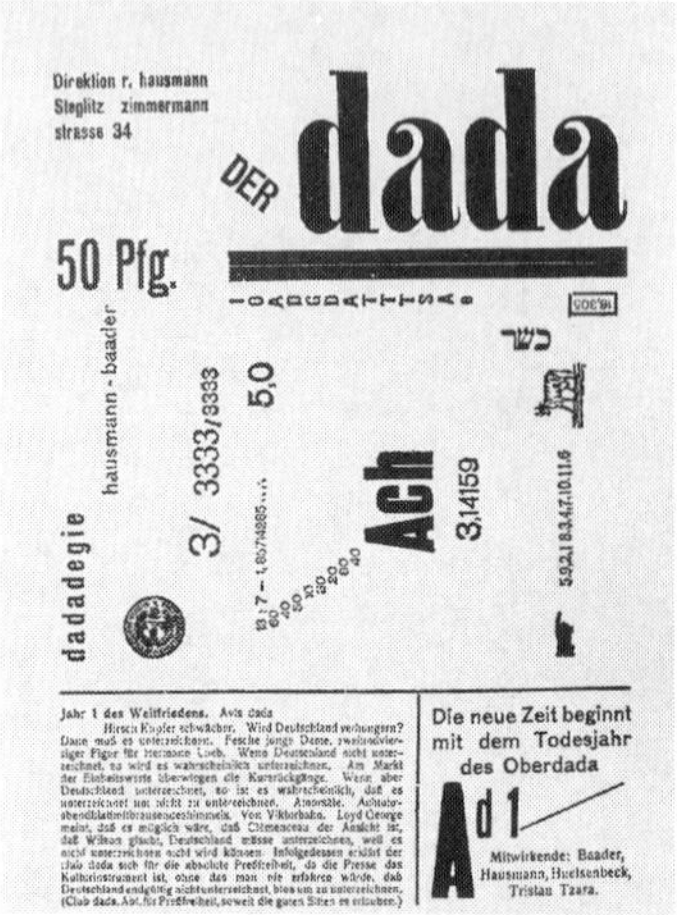

「デア-ダダ」誌1号

ぬかたちに配列し、その奇妙な組み合わせのなかから寓意的意味を読み取らせようとしたのである。「ここでダダイズムをふりかえってみたい。……絵画の要素と結びついたキップとか糸巻きとかタバコの吸いさしから、静物画がつくりだされた。……そして、ひとはそれを公衆にしめして〃見よ、きみらの額縁が時代を爆破する〃と宣言した。日常生活のなかのもっともささいな、だが出所たしかな断片が絵画以上のものを語り、本のページについた殺人者の血ぬられた指紋が、テキスト以上のものを語る、と宣言したのである。」そしてベンヤミンにとっては、このダダイズムの表現方法は、バロック悲劇の寓意的表現方法ばかりではなく、エイゼンシュテインの映画における編集技《モンタージュ》法と同質のものであり、そして何よりもまずブレヒトの叙事的演劇の方法と同質のものであった。

ブレヒトの演劇と異化作用

ベンヤミンをブレヒトに結びつけたものは、ブレヒトの演劇を含む現代《モダン》芸術《アート》が示しているこのような寓意的な表現方法である。ベンヤミンがブレヒトの演劇を論じた一九三九年の『叙事的演劇について』によれば、ブレヒトの叙事的演劇は、劇中の人物たちの感動的な運命に観客が共感できないようにする。そのための方法は、「劇の流れの中断である」。この時に観客は、「ヒーローの行動のおかれている状況におどろきをおぼえることをもとめられる……」。これが「状況を異化する〈verfremden〉こと」である。この異化作用は、俳優の演技を中断させることによって引き起こされる。そして演技をこのように故意に中断させることは、テキス

エイゼンシュテインの「戦艦ポチョムキン」の一場面

トを引用することと同じだ、とベンヤミンは考える。「……引用の基礎は中断である。あるテキストを引用することは、テキストの脈絡を中断しなくては、できない。」すでにベンヤミンは『ドイツ悲劇の根源』のなかで、引用された断片のモザイク模様の異様な配列から作品の真理内容を浮き上がらせる方法をバロック悲劇の表現方法として示し、さらに彼自身の論文《トラクタート》の方法としていた。バロック芸術のこの表現方法がブレヒトにおいて復活しているのをベンヤミンは発見するのである。「中世とバロックの遺産をぼくらにまで伝えてきたルートは、……こんにちのブレヒトの演劇につづいているのだ。」またこのような表現方法は、互いに全く独立した映像の断片をつなぎ合わせて、その配列から新たな意味を観客に捉えさせるという、映画の編集《モンタージュ》理論に連なるものであった。ベンヤミンがモスクワで鑑賞していたエイゼンシュテインの映画は、この方法を先駆的に用いていた。そしてブレヒトの演劇における異化作用は、エイゼンシュテインを含む当時のロシア-フォルマリズムの美学理論の影響を受けていたのである。『三文オペラ』の作者であるブレヒトは、一見するときわめて通俗的な劇を創作し、その主題も筋も科白《せりふ》も表面的にはきわめて陳腐でありふれた劇を提供する。ブレヒトの演劇はこの点からみれば、複製可能なガラクタ《キッチ》から構成されている。しかし彼の演劇は、演技の不断の中断を含んでおり、こうしてつくられた演技の断片のモザイク模様の不可思議な配列のなかから、観客は突然にその劇の隠された意図として社会主義的な教訓を学ぶのである。『ドイツ悲劇の根源』を書いたベンヤミンには、ブレヒトのこのような演劇はきわめてなじみ深いものであった。

芸術の政治主義

　ここからベンヤミンは、ブレヒトがその模範を示しているような方法にしたがって、現代《モダン》芸術《アート》全般を政治的に活用する可能性を示す。そしてこのことが『複製技術時代の芸術』の主要な意図に他ならない。すなわち、ブレヒトが叙事的演劇において行っているのと同じように、複製技術時代の現代芸術は、世界を変革するというマルクス主義的な政治目標を実現するために役立つことができるのである。なぜならダダイズムの詩と絵画や、さらには大衆向けの現代《モダン》芸術《アート》としての映画は、アウラの抜け落ちた複製可能な破片を集めて編集して、互いに脈絡のない断片や、バラバラに寸断された映像の配列から、読者や観客に密かな意味を捉えさせることができるからである。したがって、マルクス主義の目標は大衆の無意識の願望を実現することだとすれば、現代芸術《モダンアート》はこの願望を断片のモザイク模様から大衆に読み取らせ、ショックの経験とともに彼らに理解させ、この願望を実現するための政治行動へと彼らを動員しうるのである。ベンヤミンによれば、芸術のこのような政治化は、ファシズムによる芸術の政治的利用とは異なっている。「あたらしく生まれたプロレタリア大衆は、現在の所有関係の変革をせまっているが、ファシズムは、所有関係はそのままにして、プロレタリア大衆を組織しようとする。」しかし現在の所有関係に手を触れることなしに、大衆を芸術によってひとつの政治的目標へと駆り立てる場合には、この目標は必然的に戦争とならざるをえない。そこでは戦争が美的状態として美化されるのである。ファシズムによるこのような「政治生活の耽美主義」に対して、共産主義による芸術の政治化は、解放された社会を実現するために既存の社会の所有関係を変革するような革命へと大衆を動員するのである。

共産主義によるこのような「芸術の政治主義」の成果を今日の状況から総括するならば、ベンヤミンの期待に反して、共産主義の政治的目標のために芸術を用いるというこの試みは失敗したようにおもわれる。それは、いわゆるプロレタリア芸術のほとんどが芸術的価値をもたない駄作ばかりだったということのうちに示されている。この点については二つの説明が可能である。まず第一に、芸術家が自己の信条としての共産主義を寓意的な真理内容とするような芸術作品を自由に創造するということと、共産党や共産主義国家が芸術生産を統制して芸術家にそのような作品をつくらせることとは全く別個の事柄である。そしてプロレタリア芸術の駄作の山は、国家による芸術の政治化の産物であって、芸術家による芸術の政治化の産物ではないのである。したがって共産主義者でありながら、自己の芸術を政治化するにあたって共産党の指導には従わなかったブレヒトの作品は、いぜんとして第一級の価値を失わないのである。この説明を受け入れるならば、ブレヒトと連携したベンヤミンのこの芸術理論は、いぜんとして反証されていない。しかし第二に、初期のベンヤミンが主張していたように、芸術家の意図ができるだけ奥深く隠されて、長い迂回路を経て表現された芸術作品ほど優れた芸術作品だとすれば、芸術家は、芸術に忠実であるためには、自らの政治的意図を伝えることをはじめから意図して創作を行うことはできないと言えよう。芸術の女神ミューズは、自分だけに仕える芸術家に対して微笑むのである。すでにベンヤミンがブレヒト自身のうちに認めていたこの葛藤が解消できないものならば、真の芸術家は夢みるように無意識のうちに作品を創造するのであって、その隠された真理内容は批評家によってようやく解読されることになる。この説明を受け入れるならば、ブレヒトと連携したベンヤミンの芸術理論は誤まっていたことになる。すでに創作段階で意識的に芸術を政治化しようとするマルクス主義の芸術理論を受け入れることは、ベンヤミン自身の批評理論のためにはならなかったのである。

ブルトン

シュルレアリスムの理論

複製技術時代の芸術についてのベンヤミンのこのような理論は、彼のシュルレアリズム論と直接に結びついている。シュルレアリズムは、一九二四年にアンドレ＝ブルトン（一八九六〜一九六六）が雑誌「シュルレ《ラ・レボルシ》アリズム革命《オン・シュルレアリスト》」を発刊して以来、ひとつの芸術運動として発展したが、その創始者ブルトンはもとはダダイズム運動に属しており、またフロイトの影響を受けていた。ベンヤミンは一九二九年に発表した論文「シュルレアリスム」において、すでにこの現代《モダン》芸術《アート》の方法論に深い共感を表明していた。彼は、ブルトンが一九二八年に出版した小説『ナジャ』について次のように述べている。すなわちブルトンは、「ナジャが近づく事物に、かの女自身以上に近づく。ところで、かの女が近づく事物とはどんなものか。……かれはおどろくべき発見を誇っていい。かれはまず、最初の鉄骨、最初の工場建築、最初期の写真、すたれはじめた物たち、サロンのひらき扉、五年前の衣服、社交婦人の集会所など、流行からとり残されはじめた、〃時代おくれのもの〃のうちにあらわれる、革命的なエネルギーに出会った。……社会的な貧困だけでなくまさに建築的な貧困や家具の貧困、奴隷化されつつ人間を奴隷化する事物が、どのようにして革命的ニヒリズムに転化するかに、この予見者、予言者の前にはだれもまだ気づかなかったのだ」。打ち棄てられたありふれた事物においてこのような転化が引き起こされるのは、夢がこれらの事物に結びついているからである。ベンヤミンによれば、夢はかつての幼年時代の神的経験を復活させようとする願望をその真理内容としている。「夢みることは歴史にかかわる。」そして夢は、忘却されたこの経験を復活させるための「戦いを指令してきた」のである。ただし夢はこの真理内容を直接に表現することはない。「もうまともに青い花が夢みられることはない」のである。むしろ夢は身近なガラクタを表現材料として選び、それらのガラクタから出来上がった物語を語るのである。「夢はもはや、青い遠方を開きはしない。夢は灰色になっている。物たちにふりつもった灰色の埃《ちり》の層が、夢の最良の地域である。いまや夢はまっすぐに、ありふれた物たちに向かう。」そしてフロイトの夢判断が示しているように、夢はこれらのガラクタを素材として、幼年期の願望を寓意的に表現しようとするのである。

　このような無意識の夢と同じような構造をもった芸術作品を意識的に創造しようとするのがシュルレアリズムの運動である。シュルレアリズムは、夢の無意識の作用が行うのと同じように、アウラの崩壊したガラクタを異様なかたちに配列し、「ありふれたものの判じ絵めいた輪郭」をつくり出し、陶酔させるような神的経験の記憶をここから復活させて啓示しようとするのである。したがってベンヤミンによれば、シュルレアリズムはバロック悲劇と同じように寓意的表現に立脚するものであり、芸術作品におけるアウラの崩壊という事態に対応した芸術形式なのである。

無政府主義と幻影

シュルレアリズムが回復しようとしている神的経験とは、子どもの頃の「規律に縛られぬ幸福」の経験であって、無政府主義《アナーキズム》によって追求されてきた自由の理念《イデー》に他ならない。シュルレアリズムは、結局はこの理念《イデー》を現代的なかたちで追求しているのである。「バクーニン以来、ヨーロッパでは自由のラディカルな概念は、もう存在しなかった。シュルレアリストたちはそれをもっているのである。」ただしシュルレアリストたちは、この自由が簡単に実現されうると考える楽観主義者ではない。眼前に増大しているのは、非人間的な物の世界であり、奴隷化されつつ人間を奴隷化する事物の支配である。「……文学の運命への不信、自由の運命への不信、だがとりわけ諸階級、諸民族、諸個人のあいだのあらゆる和解への不信、不信、不信。そしてただ色彩産業連盟《イーゲーファルベン》と空軍の平和的完成へのはてしない信頼。」この絶望のなかにあって、シュルレアリズムは、ガラクタを収集して配列し、それらの夢のような布石によって意識の奥底からかつての自由の記憶を呼びさまし、その回復を目ざす「革命のための陶酔の力を獲得すること」を目ざすのである。結婚をはじめとしてすべての社会的規律に反対し、自分の「〝古い〟アナーキズムを恥じない」と、言明していたベンヤミンは、シュルレアリズムの表現方法だけでなく、その理念にも共感するのである。

人類はこれまでは宗教儀礼や麻薬を用いて、夢の奥底に埋もれた経験の記憶を意図的に回復しようとしてきた。シュルレアリズムが目ざすのは、このような「ハシッシュ、阿片、その他何であれ予備段階を終わらせることができるような、唯物論的、人類学的な霊感にみちた非宗教的な啓示のうちにある……」。すでに述べたように、ベンヤミンはハシッシュの幻覚に興味をもってきたが、彼にとってシュルレアリスムは、「思索の非宗教的啓示」がもたらすはるかに強烈な陶酔的幻覚について教えたのであった。「読書するひと、考えるひと、待つひと、のらくらもの」として生活してきた彼は、あらゆるもののうちに過去の子ども時代の幻影を啓示する徴《しるし》を求めてきた。このような彼が、「阿片吸飲者、夢みるひと、陶酔するひと」の経験を思索によって追求しようとするシュルレアリスムと結びつくのは当然のことであった。そしてさらに彼は、シュルレアリストたちが思索の素材としてガラクタを収集した都市であるパリに引きつけられていった。「この事物世界の中心に、その物体たちの夢みてやまないもの、パリの都そのものがある。」こうして彼は一九三三年にパリへ亡命した。そしてそれは、「われわれが孤独のうちに吸飲するもっともおそろしい薬――われわれ自身」を用いて過去の記憶を探るという麻薬的な陶酔状態のなかで、彼が自殺寸前まで行った後のことであった。

言語哲学と収集癖

独特な言語哲学

ベンヤミンの批評理論は独特の言語哲学によって基礎づけられている。そしてこの言語哲学は、亡命時代にその全貌がようやく明らかになった。

言語の問題はすでに最初からベンヤミンの思想のひとつの中心をなしていた。なぜなら、芸術作品の密かな真理内容をなしている幼年期の至福の経験は、そこにおける言語の性格から規定される、と彼は考えていたからである。ニーチェは、芸術において示されている経験を美的状態と呼び、言語はこの状態から発生する、と主張したが、ベンヤミンは、ニーチェのこの主張に沿って、楽園《エデン》での経験の性格を説明する。ベンヤミンは、すでに一九一八年の『来たるべき哲学の綱領について』のなかで、イマヌエル＝カント（一七二四〜一八〇四）が一七八一年の『純粋理性批判』において提示した経験概念を批判したことがある。すなわち彼によれば、そこでカントによって理解されている経験とは、ガリレイやニュートンの力学的な自然観にもとづいて構成された世界についての経験であって、必然的な因果法則に支配された物体からなる最低次元の冷たい死んだ世界についての経験なのである。このような経験ではなくて、主体と客体とがまだ融合しているような聖なる陶酔的な経験がある、とベンヤミンは主張するが、その際に彼は、このような経験は、認識を言語に関係づけることによって得られるとしている。すなわち、「一面的に数学的・力学的に方向づけられた認識概念において行われるべき偉大な改革と修正は、認識を言語に関連させることによってのみ達成されることができる。そしてすでにカントの生前にハーマンはそのことを試みたのである」。

名前と原罪

カントの友人であり、批判者でもあった神秘主義的な哲学者ヨハン＝ゲオルク＝ハーマン（一七三〇〜八八）は、一七七二年の『言語の神的起源と人間的起源に関する薔薇《ばら》十字の騎士の最後の意見』のなかで、すでに次のように述べていた。「人間が初めに耳にし、目で見、……手で触れたすべてのものは、生き生きとした言葉……であった。というのも、神は言葉だったのだから、口と心にこの言葉を宿すことによって、言語の起源は自然で、近しく、軽やかなものだったのだ。まるで子供たちの遊戯のように……。」ベンヤミンは、一九一六年の『言語一般および人間の言語』においてハーマンのこの文章を引用して、そこから彼の言語哲学を展開し、さらに彼のいう経験の内容を説明している。

ベンヤミンがそこで展開している言語哲学に似たものは、すでに古代ギリシアにおいてプラトン（前四二七〜三四七）が対話篇『クラチュロス』のなかで展開しているが、ベンヤミンはハーマンとともにユダヤ的伝統にそって、『旧約聖書・創世記』にもとづいて論をすすめている。彼によれば、すべての事物は言葉によって自分を伝達する。「なぜならば、おのれの精神内容を伝達することは、すべてのものにとって不可欠の本質だからである。」このように事物が言葉によって自己を伝達するということは、人間がそれらの事物に命名し、名づけるということによって行われる。すなわち人間が対象のかたちや運動や音を手や指や口や舌やその他の身体の諸部分を用いて模倣するとき、人間は名前によってそれらの事物を名づけているのである。こうして名前によって人間と事物は互いに結びつけられる。「人間の言語の比類なさは、それが事物とのあいだに結ぶ魔法的な共同体が、非物質的であり、純粋に精神的なものであり、そしてこの共同体にとって音声がシンボルとなるという点にある。この象徴的な事実を聖書は次のように言いあらわしている。〝神は人間に呼気を吹きこまれた〟と。それは同時に生命であり、精神であり、そして言語なのだ。」人間が事物を模倣して命名するときに吹きこまれる呼気が、事物の発するアウラに他ならない。そしてこのようなかたちで対象と関係をもつことは、アニミズムの立場に立って、対象を生きものとみなすということであり、また芸術はすべてこのような見方にもとづいているのである。「……詩歌《ポエジー》も例外としない全芸術は、……物の言語精神にもとづいている」のである。そして芸術作品がアウラを帯びているのは、芸術においては対象が生きものとして模倣的に捉えられているからに他ならない。ベンヤミンが忘却のなかから救出しようと努力してきた幼年時代の聖なる経験とは、このように名前によって事物と結ばれた共同体における陶酔的でエロス的な経験であった。

しかしこの至福の経験はやがて失われ、忘却されて、夜の夢や芸術作品において迂回路を経て歪んだかたちで思い出されるだけになってしまう。このことは言語の変質にもとづいている、とベンヤミンは考える。つまり原罪が犯されて、善悪についての知恵が人間にもたらされるにつれて、言語は、事物に命名する名前ではなくなって、事物の意味を伝達する記号になってしまう。「善悪をめぐる知恵は名を離れ去る。」かくして音声は、事物に類似した名前であることをやめて音声記号となり、最初は事物に類似した絵画であった象形文字から文字記号が発展してくるのである。そして対象のかたちや運動や音を模倣して得られる名前としての純粋言語はたったひとつしかないのに対して、記号に堕落した言語は無数にある。なぜなら、純粋言語と対象との間の関係は自然的な類似関係であるのに対して、記号言語と対象との間の関係は、約束にもとづく人工的な指示関係だからである。「人間がたったひとつの言語しか知らなかった楽園の状況からいったん脱落してしまうと、たちまち、あんなに多くの翻訳が、あんなに多くの言語が生じたのだ。」こうして言語が名前から記号へと堕落するにつれて、事物は自らの精神内容を人間に伝達しなくなり、事物と人間との魔法的な共同体は崩壊し、事物はアウラを失って、死んだ瓦礫と化す。「自然の外観はきわめて深い変化をとげる」のであって、かつての聖なる経験は失われるのである。そして生命を失って不気味な破片の集積となったこの自然全体は、かつての楽園《エデン》を意味する文字記号で綴られた書物と化し、憂鬱《メランコリア》の感情に浸された知見によって、その隠された寓意的な意味を明らかにするために批評されねばならなくなる。したがってこのような批評すなわち「判決の魔法」もまた、寓意家の知見とともに、言語の堕落の所産であって、原罪に対する神の裁きに起源をもっている。そして最後に、名前としての純粋言語は対象のアウラを吸い込み、その対象を「いま」と「ここ」にしかない独自のものとみなしてその類似性をつくるが、記号言語は、多くの対象を抽象化して共通の概念のもとに包摂することによって、それらを同一化してしまうのである。プルーストの熱狂的な類似性崇拝《アナロギー》は、このような同一性に抵抗するものであった。

言語と模倣能力

原罪によってもたらされた言語のこのような記号化と判決の魔法と抽象性とに対抗して、原初的な純粋言語を回復するという努力がベンヤミンの言語哲学を貫いている。それは、幼年時代の楽園《エデン》における原初的な幸福を復元しようとする彼の努力のひとつの側面である。一九三四年の論文『言語社会学の問題』は、人間の言語がほんらいは模倣から発展してきたという彼の理論を、レヴィ゠ブリュール（一八五七～一九三九）のような人類学者や、ケーラー（一八八七～一九六七）やピアジェ（一八九六～一九八〇）のような心理学者たちの当時の最新の研究成果に依拠しながら論じたものである。そしてその際に彼は、彼の言語理論を模倣理論というより大きな枠組のなかで発展させるという展望を述べている。この「はるかに広い意味をもつ模倣理論」は、「プラトンの形而上学的な思弁から始まって、近代の思想家たちの証言にいたるまでを覆う言語理論の大きな虹《アーチ》なのだ」と、彼は述べている。

一九三二年の論文「模倣の能力について」は、彼のこの壮大な模倣理論のスケッチである。「自然はもろもろの類似をつくり出す」と、彼は書き出している。「しかし類似を生み出す最高の能力をもっているのは人間である。」この模倣能力は、個人的にみれば、子どもの頃の遊戯において最も豊かに発揮され、歴史的にみれば、古代人において最も豊かに発揮されている。そして新生児も未開人もこの模倣能力によって自然と「交信《コレスポンデンツ》」を行い、「宇宙的な存在形態へ完全に融合」しているのである。しかしこの時の至福の経験はやがて失われてしまう。そしてその痕跡は、音声言語のうちにわずかにみられる擬声語の残滓《ざんし》や、字を書く際に無意識的に発揮されるかすかな模倣行為に認められるにすぎない。そして筆跡学は、書字のうちのこの僅かな非感性的類似を捉える方法である。幼年期と歴史の起源において豊かにあった模倣能力がこうして徐々に使い果たされて枯渇していくということが、人生と歴史の内実である。この衰弱過程を中断させて、模倣能力の豊かな根源に立ち帰る必要がある、とベンヤミンは考えるのである。

翻訳家の使命

ベンヤミンによれば、純粋言語の堕落とともに多数の言語と翻訳が生じた。したがって言語の記号化とともに、言葉やテキストの寓意的な意味を解読する批評が必要となったように、純粋言語が多数の言語に分裂するとともに、翻訳という知的作業が必要となったのであって、翻訳は批評とともに原罪以後の悪の知見にもとづいている、と彼は考えている。ベンヤミンは一九二三年に、ボードレールの『悪の華』の第二部をなす『巴里《パリ》風景』の翻訳を出版したが、そこに序文としてつけられた「翻訳者の使命」のなかで、彼は翻訳についてのこのような観点から言語哲学を論じている。

ベンヤミンによれば、翻訳において問題なのは、通常考えられているように、フランス語文のドイツ語訳という場合のフランス語とドイツ語との関係ではない。フランス語とドイツ語とが互いに異質な言語であって、翻訳を必要としているということは、これらの言語が、他の諸言語と同じように堕落した記号言語であることを示している。それらは、あのかつてのたったひとつの純粋言語の破片であり、この純粋言語そのものの翻訳語なのである。あるいは一般に言語によって何かを表現しようとする者はすべて、子ども時代のように生き生きと対象を模倣する純粋言語によって表現する能力を失って、やむなくそれを既存の言語に翻訳して表現しているのである。したがって翻訳において問題なのは、純粋言語と翻訳語との関係である。翻訳者は、翻訳によって純粋言語を回復し、聖なる経験が万人によって共有されるような純粋言語のうちにテキストを救済せねばならない。「つまりひとつの器の破片が組み合わせられるためには、二つの破片は微細な点にいたるまで合致しなければならないが、その二つが同じ形である必要はないように、翻訳は、原作の意味におのれを似せるのではなくて、むしろ愛を籠《こ》めて微細な細部にいたるまで原作の言い方を翻訳の言語のなかに形成し、そうすることによってその二つが、ひとつの器の破片のように、ひとつのより大いなる言語の破片として認識されるのでなければならない。」このひとつの大いなる言語とは、「諸言語の予定され閉ざされている宥和《ゆうわ》と完成の領域としてのあの大気圏」をなしている純粋言語である。こうしてベンヤミンによれば、「外国語のなかに鎖《とざ》されているこの純粋言語を翻訳固有の言語のなかに救済すること、作品のなかにとらえられているこの言語を改作のなかで解放することが翻訳者の使命である」。ベンヤミンによれば、翻訳家と批評家とは同一の課題をもっている。すなわちどちらも、あの聖なる経験を救済しようとしているのである。

収集家・批評家としてのベンヤミン

ヨーロッパでは、ギルドやツンフトと呼ばれる同業組合が商品の生産と販売を伝統的に管理してきた。そしてこの同業組合に規制された商店は特定種類の商品しか扱えなかった。これに対して、この同業組合の特権から排除されていたユダヤ人は、同業組合の規制から外れた商品を扱うことになったが、それは古道具や盗品であり、またとくに借金の担保としての質流れ品であった。このようなわけでユダヤ人には、高利貸や質屋などの金融業者ばかりでなく、かつて人が使った古い品物を扱う骨董屋や古美術商も多かったのである。さらに、質流れ品を扱う質屋において端的にみられるように、これらの商売は、特定種類の商品だけではなく、多種雑多な商品を扱うという点でも、同業組合に属する商店の商売とは異なっていた。そして多種雑多な商品を扱う商店としての百貨店は、ヨーロッパではユダヤ人の商業から発展してきたのである。したがって、美術品売買や百貨店経営に手を染めていた父親から資金援助をうけて古本屋を始めるというベンヤミンの希望は、まさにユダヤ人の伝統にそったものであった。

こうしてベンヤミンのユダヤ的な環境においては、使い古いされた雑多な物が集まってくる素地がもともとあった。そして彼自身もまた、古びた品々を熱狂的に収集するという収集癖の持ち主であった。彼は、古本を漁《あさ》って掘り出し物を見つけることを無上の楽しみとしていたし、さらに古切手収集にも興味をもっていた。『一方通交路』に収められた「古切手高価買受」という文章のなかで彼は、「消印のある切手だけに触手をのばす蒐《しゅう》集《しゅう》家……こそ神秘なるものの懐深くわけいった、選ばれし者たちだとおもいたくなる」と述べている。アドルノは、ベンヤミンのうちに、「頬《ほほ》に食料を貯めるある種の動物」に似た風貌を認めており、「彼の思考において突出した役割を演じている骨董家と収集家の要素は、彼の人相のうちにも刻印されていた」と述べている。そしてベンヤミンは、このように古びた雑多な品々を収集するという行為が批評という行為と不可分の関係をもっていると考えていた。彼は一九三一年の小品『蔵書の荷解きをする――蒐集の話』や、一九三七年の論文「エードゥアルト＝フックス――収集家と歴史家」のなかで、このことを論じている。

ベンヤミンによれば、古道具や骨董品といった古い品々は過去の生活の破片である。そのような品々を使って行われていた生活はすでに過ぎ去ってしまい、その残骸としてこれらの品々が後に残されたのである。過去の生活は「忘却の海へ流し出されていった」のだが、そのなかでこれらの品物は、「日常の恙《つつが》ない波の動きに乗って日に何千度となく打ち寄せられ、とうとう砂浜の貝殻のように」渚に打ち上げられたものなのである。このような物品は、過ぎ去った過去の姿を思い起こさせる痕跡である。したがって古い品々を収集する収集家は、これらの死んだ破片が過去の生活を寓意的に意味していると考え、また「収集品にまつわる過去の全体」がこれらのガラクタのうちに単子《モナド》として封じ込められていると考える。こうして寓意家と同じように収集家もまた、「一つ一つ切り離してもなお、不吉な意味をもっている」断片を収集して、それらを不可思議な仕方で配列するのである。現在の生活過程の連続的な流れのなかから、このように古道具や骨董品や過去のガラクタを取り出して配列することは、論文《トラクタート》における引用や、叙事的演劇における編集《モンタージュ》や、シュルレアリズムの表現技法と同じ効果をもつ、とベンヤミンは考える。つまり収集家が収集品《コレクション》をあれこれと配置しているうちに、「刻々の現在とともにいまにも消え去ろうとしている過去の取り返しのきかない姿」が閃光のように突然に甦るのである。この点において収集家が集めた収集品《コレクション》は、「魔術師の部屋や錬金術師の実験室にみられるがらくたの無秩序な堆積」に似ている。つまり収集家は、錬金術師のように、細々《こまごま》とした破片を集めては調合して、若返りを目ざすのである。そしてこのような知的作業は、過去の文学のテキストについて批評が行うのと同じことを、過去の残骸としての雑多な物品について行うのであり、これらの物品を救済して、これらの物品を用いて行われていた過去の生活全体の姿を、これらの断片の真理として明らかにするのである。

パリの遊歩街《パサージュ》

第二帝制期のパリを求めて

「パリの遊歩街《パサージュ》」研究は、ベンヤミンの最後の研究テーマである。この研究は、詩集『悪の華』で有名なフランスの詩人シャルル＝ボードレールの詩の批評を中心にして、一八五二年のナポレオン三世の即位から一八七〇年の帝制崩壊にいたるフランス第二帝制期のパリそのものを批評しようとした野心的な試みである。彼は、自分が生活してきたベルリンに似た面影をこの時代のパリのうちに発見した。また彼は、ボードレールの生涯のうちに自らの生涯に似たものを見出し、さらにこの時代の革命家ルイ＝オーギュスト＝ブランキ（一八〇五～八一）の晩年の絶望的な宇宙観に共感した。こうしてベンヤミンは、第二次世界大戦直前のパリの街路のうちに第二帝制期の残骸を探し求め、パリの国立図書館《ビブリオテーク・ナシオナル》の蔵書のうちにこの時代の思想の破片を探し求めて、その真理内容を明らかにしようと試みたのである。

遊歩することと夢みること

パリの遊歩街《パサージュ》とは、一九世紀中葉のパリに出現した屋根つきの商店街すなわちアーケードである。第二帝制期のパリに現れたこの屋根つきの歩廊は、当時として

パリの遊歩街

はきわめて斬新な建築様式であった。ベンヤミンによれば、「産業的贅沢の新たな発明品であるこの遊歩街《パサージュ》とは、ガラスの天井で覆われ、大理石を敷きつめられた通路であって、家々の間を走っている。……上方から光を得ているこの通路の両側には、きわめて洒落た商品が並んでいる。したがってそのような遊歩街《パサージュ》は、小都市、小世界であって、買物客はほしいものをすべて見つけることができるのである」。この遊歩街《パサージュ》を人々はあてもなく歩き回ることを好んだ。そしてベンヤミンによれば、遊歩街《パサージュ》をこのように徘徊《はいかい》することは夢みることに似た効果をもたらすのである。

すでにフロイトは『夢判断』のなかで、夢の空想においては身体は家として表現され、身体部分は家の各部分、内臓は長い街路によって表現される、と述べていた。ベンヤミンはおそらくこの空想連関をさらに推し進めて、人間が眠っている時には身体とその内臓刺戟が夢をみさせるのに対して、人間が目醒めて遊歩している時には、家や街路が夢のような幻影を垣間みさせると考えるのである。そして周囲を囲まれた殻のような空間としての遊歩街《パサージュ》は人間の身体に特に似ていて、そこを遊歩する人々によく夢をみさせるのである。「さて眠る者は……彼の身体を通って大宇宙《マクロコスモス》の旅に出る。そして目醒めた健康な者にとっては健康の波となるような自己の内部の音や感覚、つまり血行や四肢の運動や心臓の鼓動や筋肉感覚は、彼の比類なく研《と》ぎすまされた内感において、それらを翻訳し説明する幻影ないし夢の像を生み出す。遊歩街《パサージュ》において自らの内部に沈潜していく夢みる集団にとっても、これと同じことが起こるのである。」したがって逆に言えば、夢とは、心が自己の身体のなかで行う遊歩《フラヌリー》によって生ずる、ということになる。

ベンヤミンによれば、夢は芸術作品のテキストに似ていた。すなわち夢も芸術作品も、密かな願望が無意識の長い迂回路を経て寓意的に翻訳されたものであった。したがって芸術作品のテキストを読むことは、夢みることに似ていた。「読書するひと、考えるひと、のらくら者は、阿片吸飲者、夢みるひと、陶酔するひととまったく同じ啓示型に属し」ていた。そして遊歩街《パサージュ》を遊歩する者もまたこのように夢みるひとに似ているとすれば、遊歩《フラヌリー》は読書に似ているのである。ベンヤミンが一九二六年の書簡で、「……遊歩というものは、しばらく読書の習慣を忘れさせるところがある」と書いていたのは、そのためである。

遊歩《フラヌリー》と錬金術

すでに幼年時代のベンヤミンは読書とともに遊歩を愛好していた。彼は、母より半歩遅れて歩くという夢想的レジスタンスの習慣をすでに幼年時代に身につけていた。そして後になって彼は、遊歩《フラヌリー》の技術をさらにパリから教わったのであった。「こういう遊《フラ》歩《ヌリー》の技術を教えてくれたのはパリである」と、彼は回想している。そして彼によれば、遊歩街《パサージュ》をはじめとしてパリの迷宮を遊歩する時に、「わたしのまえに開かれたパリは」、「錬金術的伝統という特徴をおびて」いた。なぜなら、夢と同じような無意識的な作用によって織りなされる芸術作品は、過去の聖なる経験の記憶をその真理内容として密かに回復しているという点において錬金術に似ているのであるが、それと同じように遊歩《フラヌリー》もまた、眼に映る雑多な事物を素材にした幻影のなかで幼年時代の記憶を甦らせるからである。「街路は遊歩者を消え去った時代へと導いていく。彼にとってはすべての街路は急勾配である。街路は、母親たちのところへ降りていくのでないとすれば、過去へ降りていくのである。」しかもこの場合に夢みられる過去の記憶は、たんに個人的なものではなく、心理学者ユング（一八七五～一九六一）の言うように、民族や人類という集団の無意識的な記憶として遺伝的に伝えられていくものであった。「パリの〝遊歩街《パサージュ》〟の方法的基礎をかためるために、ぼくはユングの学説と、とりわけ古代的形象や集団的無意識の学説と対決したいとおもっている」と、彼は述べていたが、いまや彼はこのユングの学説にしたがって遊歩者《フラヌール》の夢の真理内容を集団的無意識の記憶として捉えるのである。

　遊歩者《フラヌール》はゆっくりとした速度で当てもなくブラブラと街を歩く。その際に遊歩者《フラヌール》はいかなる明確な目的ももたず、むしろ退屈《アンニュイ》の感情をもっている。退屈《アンニュイ》とは目標なき期待であり、「われわれが何を待っているかを知らない時に、われわれは退屈する」。このように退屈した風情で遊歩する遊歩《フラヌー》者《ル》はまた洒落者《ダンディー》でもあるが、この洒落者《ダンディー》の「退屈はつねに無意識の出来事の表面であって」、その裏面では過去の輝かしい思い出が夢の真理内容として潜んでいるのである。ベンヤミン自身は、子どもの頃から遊歩《フラヌリー》に親しんでいただけでなく、洒落者《ダンディー》にも興味をもっており、さらに待つことの名手でもあった。

「遊歩街は百貨店の起源」

遊歩街《パサージュ》を始めとして都市の街路にはさまざまの雑多なものが並んでいる。遊歩者《フラヌール》は、夢みるような眼差しをそれらのものに投げかけながら、当てもなくさまよう。そして遊歩者《フラヌール》は眼にとまったものを恣意《しい》的に取り出して、頭のなかでデタラメに配列する。「怠惰は感覚の恣意的な連続をただたんに味わい尽くすことにもとづいている」のであって、「寄せ集めは収集家と遊歩者《フラヌール》の才能のいくばくかをもっている」と、言えるのである。こうして遊歩街《パサージュ》を遊歩するのらくら者は、夢のなかで無意識の作用が行うように、雑多なものを「引用」するという点でシュルレアリストに似ており、それらを配列して不可思議なモザイク模様をつくり出すという点で収集家に似ている。

遊歩街《パサージュ》は、さまざまな商店が軒を連ねて並び、種々雑多な商品が路の左右に雑然と並べられているという点で、質流れ品を扱う質屋の店内や、古道具と美術品が並んでいる骨董屋の店内に似ており、したがってまた、魔術師や錬金術師の実験室にも似ている。さらに「遊歩街《パサージュ》は百貨店の起源ではないのか」と、ベンヤミンは考える。こうして雑多な商品の間を当てもなく徘徊する遊歩者《フラヌール》は、破片や瓦礫を不可思議なかたちに配列しては過去の風景がそこから閃光のように閃くのを待っている寓意家にも似ている。そして遊歩者《フラヌール》のいだく感情としての退屈《アンニュイ》は、寓意家を導く感情としての憂鬱《メランコリア》に似ている。アリストテレスは、憂鬱気質こそがすぐれた哲学者をつくると考え、また彼の学園リュケイオンの庭をゆっくりと逍遙《ペリパティア》することによって哲学的思索を行ったが、遊歩者《フラヌール》もまた、雑多な商品の配列から啓示をもとめるかぎりでは、このような考える人なのである。

商品と寓意

このようにみてくれば、「パリの遊歩街《パサージュ》」論が『ドイツ悲劇の根源』と同じような概念構成をもっていることがわかる。両者は同一の認識論的前提にもとづいており、同一の哲学的原理にもとづく批評が異なった主題に対して行われているにすぎない。『ドイツ悲劇の根源』においては寓意家は、屍骸や瓦礫や破片といった死んだ物を収集するのに対して、遊歩街《パサージュ》を徘徊する遊歩者《フラヌール》は商品を集める。そしてベンヤミンによれば、近代産業が工業製品として生産した商品もまた寓意的なものである。彼は、マルクス（一八一八〜八三）が商品の物神的性格と呼んだものを商品の寓意的性格として解釈する。「……今度の本でも、ひとつの伝統的な概念を展開《エントファルテン》することが中心となる。前の本ではそれは悲劇《トラウエルシュピール》の概念だったが、今度は商品の物神的性格という概念だ」と、彼は一九三五年に述べている。マルクスは一八六七年に出版した『資本論』第一巻において、この商品の物神的（呪物的）性格という概念について説明しているが、この説明がベンヤミンに研究の手がかりを与えたのであった。

マルクスによれば、資本家的生産様式で生産が行われている近代社会では、「巨大な商品の集まり」が現れるが、この商品とは「非常にへんてこなもので、形而上学的な小理屈や神学的なむら気に満ちたもの」である。なぜなら商品は、人間の生活に役立つという点で使用価値をもっているだけではなく、貨幣価値で表示される交換価値をもっているようにおもわれ、しかもこの交換価値なるものは、商品がもっているいかなる自然的属性からも導き出されないからである。マルクスによれば、商品の交換価値とは、人々がさまざまな商品を互いに交換することによって個々の商品間に生ずる交換比率が、あたかもそれらの商品の属性であるかのように現れたものである。したがって商品の価値とは、貨幣を媒介にしてその商品と交換されうる他のさまざまな商品の割合を意味しているのであって、個々の商品は、その価値形態のうちに他のすべての商品との関係を封じ込めた一種の単子《モナド》のようになっている。そしてこのようにして商品は、商品交換という社会的関係の総体を意味する「一つの社会的象形文字」となっている。このことをマルクスは商品の物神的性

マルクス

格と呼ぶのである。

このような商品を媒介して人々が互いに社会的関係を結んでいる近代社会では、人間たちは他者の協力や愛情を互いに直接には求めず、むしろ商品という死んだ物を求めることを通じて間接的に求める。ベンヤミンによれば、これは人間が「無機物の性的魅力のとりことなる物神崇拝《フェティシスム》」を意味している。したがって、一八五五年にパリで開催された「万国博覧会は商品という物　神《フェティシュ》の霊場」であり、「遊歩街《パサージュ》は商品資本の神殿」である。そして憂鬱な寓意家が知のために世界を裏切って、死んだ破片を身のまわりに集めるように、退屈な遊歩者《フラヌール》は商品物神を崇拝して、無機物としての商品を身のまわりに集めるのである。その際に遊歩者《フラヌール》は、夢みるような陶酔のなかで、この商品を、何らか別のものを意味する記号とみなす。ただしマルクスにおいては、商品がその価値形態によって意味しているのは、人間たちが商品交換によって互いに取り結ぶ社会的関係であって、これは経済学批判によって明らかにされる真理である。これに対してベンヤミンにおいては、遊歩者《フラヌール》に対して商品がその価値形態によって意味しているのは、人間が他の人間や事物を生き物とみなしてエロス的欲望の対象として希求することによって取り結ぶような太古のアニミズム的な関係であって、これは遊歩者《フラヌール》たちの集団的な夢に対する芸術批評によって明らかにされる真理である。集団的無意識は、商品にかぎらず一般に「新たなものから刺戟を受けた幻像に、太古の世界へ回帰することを要求する」のであり、「集団の無意識の中に保管されているそれらの要求の経験が、新たなものとの接触によってユートピアを生み出す」。このユートピアの像が批評によって明らかにされる真理なのである。

商品としての娼婦と寓意

マルクスは『資本論』のなかでは、「みだらな女たち」をも商品のうちに数えているが、ベンヤミンにとっては娼婦こそ最も優れた意味における商品である。なぜなら娼婦においては、エロス的な求愛の対象としての美しき自然そのものが商品という死んだ物のかたちをとっているからである。「自然のこの商品的仮象は売春婦のうちに体現されている」のであり、「売春婦とは寓意の最も高価な獲物――死を意味する生である」。近代的な商品は死んだ物であるだけではなく、複製可能な大量生産品であるから、当然そこからはアウラは消滅している。そして「大都市の売淫においては女自体が大量生産品になる」のであって、娼婦とは、「雌の発散する魅力」としてのアウラが抜け去った死せる物である。すでに述べたように、ベンヤミンによれば、「ある事象のアウラを経験するとは、その事象に眼を開く能力を与えること」であった。そうだとすれば、アウラの消滅した死せる大量生産品としての娼婦は、「見る能力が失われた、といってもよいような眼」をもつことになる。そしてベンヤミンによれば、ボードレールは、娼婦のこのような眼が「黒く澱《よど》んだ沼の暗鬱な透明と熱帯の海の油のような静けさを与える」ことに注目し、その眼の愚鈍さのうちに美しさを発見するのである。ボードレールは、マネ（一八三二〜八三）の

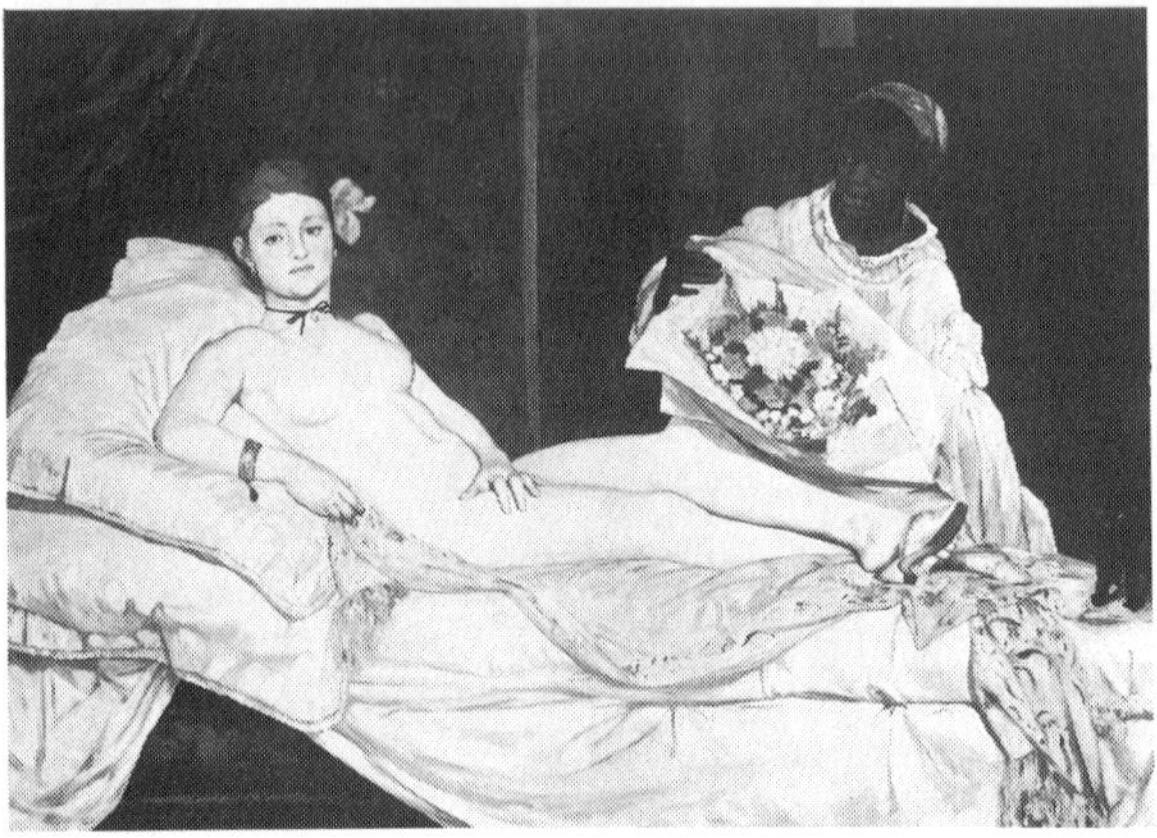

「オランピア」　マネ筆

擁護者であったが、マネが一八六三年に発表した絵画「オランピア」における娼婦の眼は、このような美しさをたたえている。

　すでに『青春の形而上学』において現れていた、沈黙する娼婦という主題がここで十分に展開されることになった。青年運動時代にベルリンの喫茶店でフラシテン地の安楽椅子に座って眺めた高級娼婦が与えた魅惑の意味や、「天下の公道で娼婦に声をかけるというたとえようもない魅惑」を子どもの頃に感じたということの意味が、ここで明らかにされる。すなわち都会の夜の街灯のほの暗い灯のなかで、見る能力を失った眼差しを向ける死せる商品としての娼婦は、遊歩者《フラヌール》にとっては、密かに何かを意味する寓意的な物として現れる。遊歩者《フラヌール》の無意識の夢のなかでは、この娼婦は、あの明るい青空の下の無時間的な風景のなかで出会った永遠の女性、楽園《エデン》の自然のなかで出会った永遠の恋人を密かに意味しているのである。

ボードレールへの共感

第二帝政期のパリの遊歩街《パサージュ》において、夢みるように遊歩《フラヌリー》を行う遊歩者《フラヌール》のこのような視線をもって抒情詩を編み上げたのがボードレールであった。そしてベンヤミンは、この詩人の生涯と詩に大いに共感しており、このボードレールの詩集『悪の華』の批評が「パリの遊歩街《パサージュ》」研究の中心をなしている。

プルーストの『失われた時を求めて』とともに、ボードレールの『悪の華』の翻訳にも情熱を注いでいたベンヤミンにとって、この詩人の生涯は多くの点で彼自身の生涯と重なり合うものであった。「一七歳のときから文士《リテラート》の生活を送っている」ボードレールは、ベンヤミンと同じように、このような文筆生活のうちに安定を見出したことはなかった。「蔵書から住居にいたるまで、彼がパリの内でも外でも送った不安定な生活の過程で、断念せずにすんだものは何ひとつない。」しかも第一次世界大戦が勃発した際に、ベンヤミンが自らの階級の没落を感じたように、ボードレールが属していた小市民《プチブルジョワ》階級も第二帝制期にすでに没落しつつあった。そして彼らは、完全な没落の時まで「歴史によって彼らにあたえられていた猶予の期間」を「暇つぶしの種」にして、遊歩街《パサージュ》をゆっくりと「亀のテンポで歩いた」。猶予期間を生きるこのような「遊民《フラヌール》の視線」をもってボードレールはパリを眺め、パリを抒情詩の対象としたのであった。

ベルリンの幼年時代にすでに遊歩の習慣を身につけ、自己の階級の没落を経験しながら頑《かたく》なに猶予期間《モラトリアム》を長びかせて就職を拒否してきたベンヤミンは、ボードレールのこのような生活態度に共感する。しかもベンヤミンにとっては、大人になることを拒否して無為徒食の生活をおくることが自己の根底的《ラディカル》な批評の基盤であるように、ボードレールもまた、怠惰な遊民《フラヌール》として「放蕩無頼《リベルティナージュ》」の生活をおくることを自己の芸術的天才の基盤とするのである。つまりベンヤミンによれば、「……最初から遊歩《フラヌリー》のなかには、ブルジョワ的存在の脆弱《ぜいじゃく》さの意識がひそんでいた。遊歩がこの弱みを逆手にとるところに、ボードレールにおけるヒーローの概念を隅々まで特徴づけている構造が、出現してくる」のである。ベンヤミンによれば、ボードレールは、定職にもつかずにのらくらと遊《フラ》民《ヌール》の生活を送る際に、退屈《アンニュイ》の感情だけでなく憂鬱《メランコリア》の感情をもって遊歩する。その時にこの詩人の眼差しによって集められるガラクタは、それ自身とは似ても似つかぬものを寓意的に意味するという巨大な革命的な力を付与されるのである。「憂鬱によって養われたボードレールの天才は、寓意《アレゴリ》的《ツシュ》なものである。」そしてボードレールが芸術家として、パリの街から断片を収集して、なかば無意識のうちに織りなした詩をさらに収集し、引用して、これらの詩において寓意的に意味されている革命的な真理内容を、醒めた散文的なかたちで提示するのがベンヤミンの批評の仕事である。

ボードレールとの共通点

『ドイツ悲劇の根源』においてドイツ‐バロック悲劇を彩る基本的な感情とみなされた憂鬱《メランコリア》は、ボードレールの詩を彩る基本的な感情でもある。彼は『パリの憂鬱（Le spleen de Paris)』という表題の散文詩集を発表したばかりでなく、『悪の華』の第一部は

ボードレール

「憂鬱と理想《スプリーン・エ・イデアル》」という表題をもっており、さらにそこには「憂鬱《スプリーン》」という題名の詩が四編ふくまれている。またそこに収められた「旅へのいざない」や「取り返し得ぬもの」といった詩篇の題名は、すでにベンヤミンが憂鬱にかかわる事柄として列挙したものに対応している。そして特にベンヤミンは、「虚無の味」という詩のなかにある、「すばらしい春はその薫りを失った！」という詩句に注目する。ボードレールの憂鬱な眼差しのもとでも、青春は失われて取り返し得ぬものである。時間の流れは彼をただ破局のうちに押しやっていく。「こうして時間は、一分ごとに、僕を呑み込んで行く」と、彼はボードレールから引用している。ベンヤミンによれば、ボードレールもまた憂鬱者として、時間の流れのうちに破局《カタストローフ》だけをみる。「ボードレールにおいては新しいものが進歩にいかなる寄与も果たしていない」のである。「〈先へ先へ〉と進んでいくのが破局である。」

さらにベンヤミンは、ボードレールのこのような憂鬱な時間意識と同じものを、同時代の革命家ブランキのうちに見出す。一八七一年のパリ・コミューンで敗北したこの革命家は、牢獄のなかで、自分の生涯における革命の最終的な失敗を総括して、『星辰の永遠』という本を書いたが、そこでは宇宙の星々の永遠に変わらぬ永劫《えいごう》回帰の運動が「地獄そのもの」として描かれている。ブランキにおける星々のこの永劫回帰に対応するものが、ボードレールにおいては、大量生産品としての商品の市場への回帰である。「ボードレールにおいて、星々は商品の判じ絵をなしている。すなわち、大集団をなして回帰するつねに同一なもの。」こうしてボードレールもまた、アウラの消滅した商品がその時々の流行の装いにもかかわらずつねに変わらぬかたちで永劫回帰する近代社会を「永続的破局」とみなし、救済なき地獄とみなすのである。

ボードレールはこのような憂鬱な感情をもって商品を寓意的に見る。彼はこれらの商品をその普通の連関から切り離して破片として収集し、それらの隠された意味について詮索する。「愕然《がくぜん》として手中の断片を凝視する詮索家が寓意詩人となる。」そしてとくにこの寓意詩人は、大量生産されて死んだ商品となった女性としての娼婦に興味をよせる。「唯一の性的連帯を彼が実現したのは、娼婦とのあいだにおいてである。」つまりボードレールは娼婦をもひとつの寓意的な断片とみなして、その密かな意味を詮索するのである。したがってボードレールは性的不能《インポテンツ》である、とベンヤミンは言う。なぜならこの詩人は、眼前の女性そのものをアウラなき破片とみなし、むしろそれが記号として寓意的に意味しているものをエロス的に求愛するからである。ベンヤミンの女性への態度は肉体的欲望を欠いていたが、この点でも彼はボードレールと似ていた。こうしてバロック悲劇において屍骸が果たした役割を、ボードレールでは娼婦が果たし、同じように瓦礫と廃墟が果たした役割を商品と遊歩街《パサージュ》が果たしているのである。

断片を収集してその寓意的な意味について詮索する遊歩者《フラヌール》はさらに探偵の風貌をもっている。なぜなら探偵もまた、断片を手がかりとして収集して、それらの意味を詮索して、失われた過去の事件を復元しようとするからである。そしてベンヤミンが探偵小説に興味をもっていたように、ボードレールもまた探偵小説に対して大いに関心を払っていた。探偵小説という近代的な文学ジャンルの創始者とされるエドガー＝アラン＝ポー（一八〇九～四九）の小説や詩を翻訳することに、ボードレールは精力を費やしたのであった。そしてポーの探偵小説のなかに登場する名探偵オーギュスト＝デュパンの生活態度もまた、寓意的な詮索者、遊歩者《フラヌール》の生活態度ときわめて似たものであった。すなわちこの名探偵は、昼間は閉めきった部屋に蠟燭《ろうそく》をともして夢の世界にひたりながら読書に耽《ふけ》り、夜になるとパリの街をさまよい歩いて、静かな観察から得られる精神的興奮を求めたのである。このようにしてボードレールは、ベンヤミンときわめてよく似た思想をもって生活するなかで、これまたベンヤミンと同じような過去の像を復活させようとしていると考えられるのである。

「本と娼婦は若返りの妙薬」

「麻薬の通だった」ボードレールが、商品や娼婦といった断片を集め、それらの寓意を詮索しながら詩作する時、ボードレールが陶酔のなかで詠《うた》っているこれらの詩の真理内容を、ベンヤミンは批評によって散文的なかたちで明らかにする。彼によれば、ボードレールの詩の真理内容は、たとえば、「万物照応《コンレスポンダンス》」という詩において露呈している。それは次のような詩句で始まる。

「自然は一堂の聖域にして、生ける列柱
時として神秘の語を呟《つぶや》く
人、象徴の森を過《よぎ》りつ、これに向えば、
森、家族《ファミリエ》の眸《ひとみ》もてかれを眺む。」

ベンヤミンによれば、この風景は祭祀的な経験のなかで現れるものであり、ニーチェにおける美的状態に他ならない。また自然がこのようなかたちで経験される時には、人間は名前によってこの自然を模倣しているのであって、そこでは、古典主義の芸術におけるように、「結局、美を類似の状態における経験の対象と定義するに至るであろう」。さらにこの万物照応《コンレスポンダンス》のなかでは、すべての対象は眼を開き、言葉を語り、アウラを吹きかけてくるのである。万物照応《コンレスポンダンス》とは、新生児において「自然が行うあの交信《コレスポンデンツ》」のことであり、「宇宙なるものとの共同体」のことであり、主体と客体との区別がまだない神的経験における原初的な幸福のことである。そしてベンヤミン自身は触れていないが、この詩の後半部において、「人間の裸体時代の回想を、私は好む」と、ボードレールが詠っているのをみれば、万物照応《コンレスポンダンス》がかつての楽園《エデン》の黄金時代の記憶をさしていることは明らかである。こうしてベンヤミンは、彼自身が一貫して求めてきた幼年時代の至福の経験をボードレールもまた希求していることを明らかにし、そのことがボードレールの抒情詩の真理内容であることを明らかにする。このような批評によって『悪の華』は救済され、そこに隠されていた過去の像は、批評という錬金術によって甦らされたのである。ボードレールの詩集のテキストやパリの娼婦が含んでいる寓意が、批評によって、このように過去の記憶として生き返らされたが故に、「本と娼婦は、若返りの妙薬」であることが、ここでも証明されたわけである。

静止状態の弁証法

「パリの遊歩街《パサージュ》」研究のなかでもベンヤミンは、自らの行う批評について認識論的な説明を行っている。そこで彼は、静止状態における弁証法について語っている。彼によれば、子どもの頃のようにわれわれが最初に対象に接した時の「わたしたちの最初の幸福のかたち、最初の恐怖のかたち」は、画像として心のなかに記憶され保存される。「やがて眼前から失われるとわかっているもの、それが画像となるのだ。」この画像はすぐに忘却されるが、後の時代のうちにその索引《インデクス》を残す。この索引とは、過去のこの画像を寓意的に指示している破片や痕跡のことである。いつの時代にも散在しているこれらの破片は、それらが指示している特定の過去の画像という前史をもち、さらにこれらの破片を索引《インデクス》として読解する批評という後史をもつ。このような破片としての歴史的対象は単子《モナド》に似ている。なぜならこれらの微細な破片には過去の画像が小宇宙《ミクロコスモス》のように封じ込められているからである。これらの破片や、その堆積としての文学作品のテキストは、後世の特定の時期に解読可能となる。その時までにそこでは、「真理は砕け散るまで時間の負荷をかけられている」。この時に批評は、これらの破片を歴史の連続からはじき飛ばして収集し引用して、不可思議なかたちに配列する。この時、突然の閃光のように過去の画像は復元され、破片が索引《インデクス》としてもっている志向性は破壊される。破片が前史として保存してきた過去の画像は現在に甦り、破片が後史として待ち望んできた批評はいま現在行われ、こうして破片は救済されるとともに、寓意としては破壊されるのである。その際に甦らされる過去の画像は弁証法的な像であり、救済する批評が行うこの過程は静止状態の弁証法だ、とベンヤミンは論ずる。なぜなら、弁証法的な思考では、ある命題の定位《テーゼ》とその否定としての反定位《アンチテーゼ》とが一緒になって、綜《ジン》合《テーゼ》として真理がもたらされるように、ここでもまた「過去は現在とともに、閃光のようにひとつの配置にまとまる」からであり、しかもそこでは、これまでは人の顔にみえていた図形が突然に壺のかたちにみえてくるように、すべてが静止したままの状態で、判じ絵の錯覚が解かれて、過去の認識がもたらされるからである。このようにして批評は審判として歴史過程に暴力的に介入することによって、「一回かぎり、さっとひらめくイメージとして」この「過去の真のイメージ」を捉える。後世の特定の瞬間に静止状態の弁証法によって過去の画像が復元され救済されなければ、それは永久に失われるのである。

万物復興

静止状態の弁証法によって、このように過去の画像を復元することを、ベンヤミンは歴史的な万物復興《アポカタスタシス》と呼んでいる。これはもともとはギリシア語であって、原初状態の回復を意味する言葉である。健康な状態が回復されたり、星々の位置が元にもどったりすることが、この言葉によって意味されていた。キリスト教時代になると、この言葉は独特の終末論を表現するために用いられた。それによれば、罪人や取るに足らぬものや醜いものを含めてすべてのものが審判において救済され、甦らされ、聖化されるような最終状態が万物復興《アポカタスタシス》である。このような立場は紀元五世紀に異端とされたが、この思想をベンヤミンは彼の批評理論でふたたび取り上げる。つまり彼によれば、「かつて起こったことは何ひとつ、歴史から見て無意味なものとみなされてはならない」のであって、甦らされなくてもよいような過去はなく、忘却されても構わないような過去はない。批評という作業は、「過去の全体が歴史的な万物復興《アポカタスタシス》のなかで現在にもたらされるまで、さらに無限に」行われるのである。

原子力エネルギーと批評

静止状態の弁証法によって過去の画像を復元しようとする批評を、ベンヤミンはさらに原子力エネルギーの解放と比較している。ベンヤミンが「パリの遊歩街《パサージュ》」研究に没頭しているちょうどその頃、原子崩壊にともなって発生する膨大なエネルギーを利用する展望が開けてきた。原子核分裂がエネルギーを発生させることが論文に発表されたのが一

アインシュタイン

九三九年初頭であり、この年の八月にはアインシュタイン（一八七九〜一九五五）がアメリカ大統領ローズヴェルトに書簡を送って、原子爆弾を製造するための、いわゆるマンハッタン計画を推進することを進言しているのである。ナチスの迫害を逃れてアメリカへ亡命していったユダヤ系の科学者たちから、ベンヤミンは原子力エネルギーの話を聞いていたのかもしれない。そして彼によれば、批評という「この仕事は、原子崩壊の方法と比較されるものであって、古典的な歴史物語の〝昔々……〟のうちに閉じこめられている歴史の途方もない力を解き放つのである」。

この比較をベンヤミンは詳しく説明してはいないけれども、それはきわめて興味ぶかい。天然に存在するウラン二三五は、自然状態においても放射線を出しながら徐々に崩壊しつづけている。太古の地球には大量に存在したこの物質は、その後の時間の経過のなかで、ますます乏しくなってきており、また広範囲に散乱してしまっている。このウランの破片は、かつての聖なる経験の破片に似ており、自然状態でのその崩壊は、瓦礫の細片に封じ込められていたこの経験のアウラが消滅していく過程に似ている。芸術家がこれらの散乱した破片を収集するように、乏しい天然ウランが集められ、しかもそのなかに〇・七パーセントしか含まれないウラン二三五がさらに濃縮される。そして芸術家によって収集された過去の破片が批評家によってさらに引用されて、一定の配列のもとに置かれると、それらは時間のエネルギーを爆発的に放出しながら過去の画像を閃光のように浮び上がらせるが、それと同じように、純粋なウラン二三五が濃縮されて一定量集められて、そこにほんの僅かな力が加えられると、それらは核分裂の連鎖反応を起こし、宇宙の始源にあったような閃光と爆発をもたらすのである。こうしてベンヤミンによれば、批評と同じように原子力エネルギーの利用もまた、過去の破片を収集する錬金術的な技術にもとづいている。つまりそれらはどちらも、過去の破片を収集することによって、過去の状態をショックとともに復元するという、若返りの秘術にもとづくのである。アドルノが、ベンヤミンにおける「知的な核分裂のエネルギー」について語り、「彼の言葉の眼差しのもとでは、それをずっと注がれたものは、放射能を帯びたように変化した」と、述べているのは、この脈絡においてである。こうしてベンヤミンのユダヤ教的な批評理論は、フロイトの心理学とアインシュタインの物理学という、二〇世紀最大のユダヤ的頭脳の成果と結びついている。

歴史の概念について

ベンヤミンにおいては、文学批評は政治的な批判ないしは審判に関連している。そして彼が死の直前に書き遺した『歴史の概念について』は、「パリの遊歩街《パサージュ》」研究に対応する政治的な批判《クリティーク》の理論を展開している。その意味ではこの作品は、『ドイツ悲劇の根源』に対して『暴力批判論』がもっている関係と似た関係を「パリの遊歩街《パサージュ》」研究に対してもっている。

破局としての歴史

ベンヤミンによれば、その当時のマルクス主義の主流は、歴史の過程を進歩の過程として捉えていた。この見方にしたがえば、人類は歴史のなかでますます進歩発展し、ますます幸福になっていくのであって、社会主義革命はこのような歴史過程をさらに推進するものであった。このような歴史観に対して、ベンヤミンはここで真向うから反対する。彼によれば、歴史の過程とは、瓦礫が絶え間なく積み重なっていく破局《カタストローフ》であり、「いま地に倒れているひとびとを踏みにじっていく行列」がそこを通っていく過程であり、打ち倒された者や迫害された者や破壊された物や時宜を得ずに失敗したことなどが、過去のものとして打ち棄てられ、忘却されていく過程である。社会主義革命は、むしろこのような歴史の時間の流れを停止させねばならない、とベンヤミンは主張する。「歴史の連続を打破する意識は、行動の時機にある革命的階級に特有のものである。」そしてフランス革命の際にも、「闘争の第一日が暮れたとき、パリのいくつかの場所で、たがいに独立に、そして同時に、塔の時計が射撃されるという事件が起こったのだ」。

審判としての革命

『暴力批判論』におけるゼネストと同じように、ここでも革命は歴史の過程に対する突然の暴力的な介入として捉えられている。そしてこの革命において、被抑圧者たちの願望や希望が何よりもまず忘却のなかから甦らされるのである。過去の事柄は、次々と忘却の淵に沈みながらも、破片や断片としてその痕跡を後世に遺す。この痕跡は、過去の事柄を指示する索引《インデクス》であって、後世の人々はこの索引《インデクス》から過去の事柄を復元する能力をわずかに付与されている。「過去という本には時代ごとに新たに索引が付され、索引は解放を指示する。かつての諸世代とぼくらの世代との間にはひそかな約束があり、ぼくらはかれらの期待をになって、この地上に出てきたのだ。ぼくらには、ぼくらに先行したあらゆる世代にとひとしく、〈かすか〉ながらもメシア的な能力が付与されているが、過去はこの能力に期待している」のである。歴史のなかの〈今〉において革命家は、あの生命の書に記載された過去の事柄を寓意的に指示する索引《インデクス》としての破片を収集し配列することによって、これらの破片に封じ込められている過去をショックとともに復元することのできるような位置を占めねばならない。「この位置からかれは、生起するものを停止させるメシアの合図を——いいかえれば抑圧された過去を解放する闘争のなかでの、革命的なチャンスの合図を——認識するのだ。」こうして批評が芸術作品のテキストを解読して、その隠された真理を救済するように、革命は、「現実をひとつのテキストのように読む」ことによって、その忘却された過去を全面的に回復し救済する行為なのである。そして未来のあらゆる瞬間は、このようなことが行われる可能性をつねに秘めているのであって、「そこをとおってメシアが出現する可能性のある、小さな門」なのである。

革命によって人類が解放されたならば、人類は過去の失われた瞬間をすべて回復し、あらゆるものが新鮮な驚きをもたらした幼年時代の楽園《エデン》におけるような生活をふたたび始めることができるであろう。「たしかに、人類は解放されてはじめて、その過去を完全なかたちで手に握ることができる。いいかえれば、人類が解放されてはじめて、その過去のあらゆる時点を引用できるようになる。人類が生きた瞬間のすべてが、その日には、引きだして用いうるものとなるのだ——その日こそ最終審判の日である。」こうしてベンヤミンは、『ダニエル書』に描かれたような神の審判に似た万物復《アポカタスタ》興《シス》として革命を捉える。マルクス主義はこのようなユダヤ教神学の遺産を自らの革命理論のうちに受け入れるべきだ、と彼は主張するのである。この解放はまた眠りからの目醒めでもある。つまり忘却の針に刺されたいばら姫がその眠りから目醒めて、夜の夢のなかに歪んだかたちで現れていた過去の記憶がはっきりと意識にもたらされるようになること、そして最も忘却された幼年時代の記憶が甦らされることによって夢から醒めることが革命なのである。ベンヤミンにとっては、静止状態における弁証法とは、「イメージとめざめとの間の弁証法」でもあった。同じように革命もまた、「人類の生活の日を、眠りの足りた理性的な人間がかれの一日を始めるときのような余裕のあるしかたで、築きあげる実験」なのである。

このような革命は、フロイトの精神分析におけるヒステリーの治療とも似ている。なぜなら精神分析においても、抑圧され忘却された過去の記憶、とくに幼年期のそのような記憶が呼び起こされ、患者が自らの過去を完全に取りもどす時に治療は終わるからである。

歴史の天使

『歴史の概念について』の九番目の断片において、ベンヤミンはパウル＝クレーの版画「新しき天使《アンゲルス・ノーヴス》」について書いている。この断片は、ベンヤミンが書き遺したすべての文章のなかで最も有名なものである。そこでは彼のすべての思想がこの一枚の版画の寓意的な意味に凝縮されて説明されている。また、ここで述べられている天使の姿は、彼の幼年時代とヨーロッパ市民階級《ブルジョワ》の時代の記憶の断片が散在するヨーロッパから、荒々しい歴史の嵐によって追い払われようとしている彼自身の姿を象徴しているようにおもわれる。亡命者の波にもまれながら、ベンヤミンもまた、歴史の天使のように後を振り返ったといえよう。

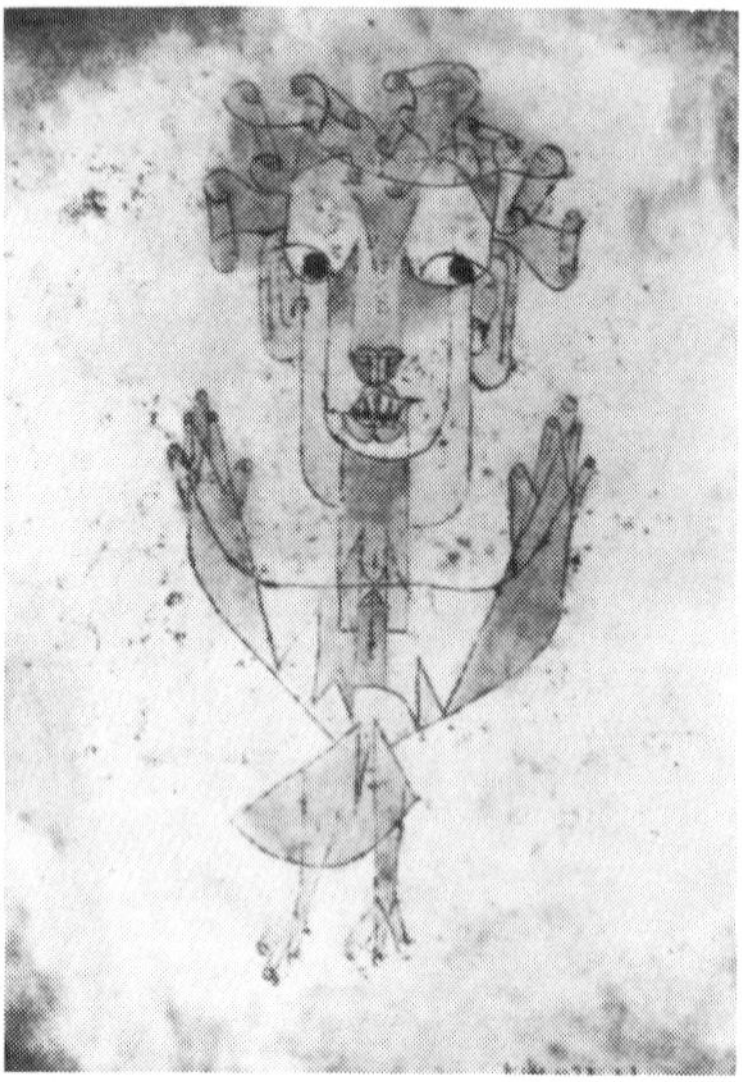

「新しき天使」　クレー筆

「〝新しき天使《アンゲルス・ノーヴス》〟と題されているクレーの絵がある。それにはひとり天使が描かれており、天使は、かれが凝視しているものから、いまにも遠ざかろうとしているところのように見える。かれの眼は大きく見ひらかれていて、口はひらき、翼は拡げられている。歴史の天使はこのような様子であるに違いない。かれは顔を過去に向けている。われわれであれば事件の連鎖を眺めるところに、かれはただひとつの破局《カタストローフ》を見る。その破局《カタストローフ》は、やすみなく瓦礫の上に瓦礫を積みかさねて、それをかれの足もとに投げ出していく。たぶんかれはそこに留まって、死者たちを目覚めさせ、破壊されたものを寄せあつめて組みたてたいのだろうが、しかし楽園から吹いてくる強風がかれの翼にはらまれるばかりか、その風のいきおいがはげしいので、かれはもう翼を閉じることができない。強風は天使を、かれが背を向けている未来のほうへ、いやおうなしに運んでいく。その一方でかれの眼前の瓦礫の山は、天に届くばかりに高くなっていく。われわれが進歩と呼ぶものは、この強風なのだ。」

あとがき

一九四〇年のベンヤミンの死は、その当時の数かぎりない悲劇的な死にまぎれて、しばらくは忘れ去られていた。人々が彼の生涯の破片を拾い集めて、彼の全体像を復元しはじめるのは、一九五五年にアドルノ夫妻が『ベンヤミン著作集』を出版してからのことであった。この時から彼の思想は、とくにドイツ連邦共和国において爆発的な反響を引き起こした。しかし今日にいたるまで、ベンヤミンの思想の評価は、さまざまに分裂して、定まっていない。フランクフルト社会研究所の思想の戦後の発展を担ってきたユルゲン＝ハーバーマス（一九二九〜）が行った総括によれば、ある人々はベンヤミンをユダヤ神秘主義者とみなし、ある人々は唯美主義者とみなし、ある人々は戦闘的マルクス主義者とみなし、ある人々は政治的なシュルレアリストとして新左翼運動の先駆者とみなしている。そしてこのようなベンヤミン像は、今も途切れることなく次々と生み出されている。ここでは、これまでの説明をもとにベンヤミンの思想の意義を簡単にまとめてみたい。

中部ヨーロッパは、一九世紀末から急速な解体過程を経験した。プロイセンとオーストリア帝国という中世以来の政治体制が崩壊し、マルチン＝ルター（一四八三〜一五四六）以来発展してきたドイツ市民《ブルジヨワ》階級の文化は没落し、モーゼス＝メンデルスゾーン（一七二九〜八六）以来行われてきたユダヤ人のドイツ社会への同化は、悲劇的な結末を迎えた。この巨大な崩壊過程は夥《おびただ》しい破片や残骸を後に残した。この破片や残骸からかつての栄光を読み取ろうとすることがベンヤミンの批評《クリティーク》の意図であった。彼は、最後のプロイセン市民として、ドイツ市民階級《ブルジョワ》の最後の末裔として、この破片や残骸を収集することに情熱を燃やした。またモーゼス＝メンデルスゾーンは、ドイツ語で著作した最初のユダヤ人として同化ユダヤ知識人の第一号であったが、フリードリヒ＝シュレーゲルの義父でもあったこのメンデルスゾーンのようなユダヤ知識人の系譜の最後に、ベンヤミンは位置している。ベンヤミンはこの歴史的な崩壊過程を自ら生き、その後に生き残ろうとはしなかった。その意味では、彼は退廃的《デカダント》であった。

しかし他方では彼は、この悲劇的な過程のなかで失われていく過去の栄光を批判《クリティーク》あるいは審判《クリティーク》によって回復することを目ざした。古代ユダヤの預言者たちがユダヤ民族の危機《クリシス》に際して、絶望と希望の入り混った陶酔状態のなかで、迫りくる破局と復活の希望について語ったように、ベンヤミンもまた、想像を絶する大殺戮《ホロコースト》と復活の希望について語ったのである。この点からみれば、紀元前七世紀の末にユダ王国の国王ヨシュアがメギドで敗れたことは、ベンヤミンにとっては第一次世界大戦に相当し、その後に起こったバビロン捕囚は、ナチスによるユダヤ人六〇〇万人の大殺戮《ホロコースト》に相当するのかも知れない。その意味ではベンヤミンは、現代に甦った古代ユダヤの預言者であり、彼の著作は『旧約聖書』における預言者文学の現代版である。ただしベンヤミンは、ユダヤ系のドイツ人あるいはヨーロッパ人として、あくまでもドイツ文化とヨーロッパ文化の復活を希望していたのであった。彼の著作は、二〇世紀の悲惨なドイツ史とヨーロッパ史を映す知的記念碑として、その価値を久しく失わないであろう。

新装版あとがき

本書が出版されてすでに四半世紀がたつ。幸い本書は好評をもって迎えられ、わが国におけるベンヤミンの受容に寄与することができた。現在の時点から顧みると、ベンヤミンと岡本太郎との関係を指摘する必要を痛感する。パリに亡命したベンヤミンはバタイユの協力を得て研究を続けており、バタイユの研究サークル「社会学研究会」に参加していたが、当時パリにいた岡本太郎もこの研究会に参加していた。したがって岡本太郎はベンヤミンに最も近い位置にいた日本人であったと言ってよい。ベンヤミンは一九四〇年の八月にマルセイユに来たが、岡本太郎はすでに六月に日本にむけて船出していた。さらに岡本太郎とベンヤミンの美学には共通性がある。戦後の岡本太郎は日本人の美意識の原型を示すものとして縄文式土器を高く評価した。そこには個人でも民族でもその芸術的能力はすでに最初の経験のうちに示されていると考える共通の美学がある。

新装版にあたってお世話になった編集部の中沖栄氏に感謝いたします。

ベンヤミン年譜

西暦	年齢	年譜	参考事項
一八九二		7・15、エミール＝ベンヤミンとパウリーネ（旧姓シェーンフリース）の長男としてベルリンに生まれる。	
九五	3	弟ゲオルクが生まれる。	
一九〇〇	8	ベルリンのフリードリヒ-ヴィルヘルム-ギムナジウムに入学する。	フロイト『夢判断』
〇二	10	妹ドーラが生まれる。	日英同盟（〜二三） ラザフォード、原子崩壊説
〇五	13	ハウビンダ田園教育施設に転校する。ここで青年運動指導者グスタフ＝ヴィネケンと知り合う。	日露戦争（〇四〜）終結。 第一次ロシア革命 第一次モロッコ事件
〇七	15	フリードリヒ-ヴィルヘルム-ギムナジウムに戻る。	三国協商（英・仏・露）成立。
一〇	18	ヴィネケンの発行する雑誌「出発」に寄稿を始める。	
一一	19	理論的な処女作『眠り姫』を発表する。	第二次モロッコ事件
一二	20	フリードリヒ-ヴィルヘルム-ギムナジウムを卒業する。 フライブルク大学に入学する。 ハインレと知り合う。	第一次バルカン戦争
一三	21	ベルリン大学に移籍する。	第二次バルカン戦争

一九一四	22	『青春の形而上学』を執筆する。 ベルリンの「自由学生連合」の議長となる。 ドーラ=ゾフィー=ポラックと知り合う。 グレーテ=ラートと婚約する。 ハインレが自殺する。	第一次世界大戦、勃発。 パナマ運河、開通。
一五	23	ヴィネケンと訣別する。 ゲルショム=ショーレムと知り合う。 ミュンヘン大学に移籍する。	日本、中国に21ヵ条要求。
一六	24	『言語一般および人間の言語について』を執筆する。	アインシュタイン、相対性理論を発表。 ルカーチ『小説の理論』
一七	25	ドーラ=ゾフィー=ケルナー（ポラック）と結婚する。 スイスへ移住し、ベルン大学に移籍する。	ロシア革命
一八	26	長男シュテファン、生まれる。 エルンスト=ブロッホと知り合う。 『来たるべき哲学の綱領について』を執筆する。	ドイツ革命 第一次世界大戦、終結。 ブロッホ『ユートピアの精神』
一九	27	学位論文「ドイツ-ロマン主義における芸術批評の概念」により、ベルン大学から博士号を受ける。	スパルタクス団の蜂起失敗。 ワイマール共和国成立。 コミンテルン、結成。
二〇	28	ベルリンに戻る。 『ドイツ-ロマン主義の芸術批評の概念』を刊行する。	

一九二一	29	将来の生活設計に関して両親と不和になる。 クレーの版画「新しき天使」を入手する。 雑誌「新しき天使」の刊行を計画する。 『暴力批判論』を発表する。 『翻訳者の使命』を執筆する。	ヒトラー、ナチス党の党首となる。 ワシントン軍縮会議
二二	30	『ゲーテの「親和力」について』を執筆する。	スターリン、ソ連共産党書記長となる。
二三	31	夏学期にフランクフルト大学を訪れ、教授資格論文の準備を始める。 アドルノ、クラカウアーと知り合う。 ボードレールの詩集『巴里《パリ》風景』の翻訳を出版する。 ショーレムがパレスチナへ移住する。	ドイツ、記録的なインフレ。 ナチス党のミュンヘン一揆。 ルカーチ『歴史と階級意識』
二四	32	5～10月、カプリ島に滞在する。ここでアーシャ＝ラツィスと知り合う。 『ドイツ悲劇の根源』を執筆する。 『ゲーテの「親和力」について』を発表する。	レーニン、死去。 ドイツのインフレ終息する。
二五	33	『ドイツ悲劇の根源』を教授資格申請論文として、フランクフルト大学に提出するが、拒否される。 秋にスペインとイタリアを旅行する。 ラトヴィアのリガを訪れ、アーシャ＝ラツィスと会う。	ヒンデンブルク、ドイツ大統領となる。 ロカルノ条約

一九二六	34	プルーストの『失われた時を求めて』の翻訳にヘッセルとともに着手する。 「フランクフルト新聞」や「文学世界」の文芸欄に寄稿しはじめる。 5～10月、パリに旅行する。 『一方通交路』の中心部分を執筆する。 父、死去する。 マルセイユに旅行する。 12月～翌年1月、モスクワに旅行し、アーシャ＝ラツィスと再会する。	トロツキー、ソ連共産党中央委員会政治局員を解任される。
二七	35	プルーストの『花咲く乙女たちのかげに』の翻訳を出版する。 パリに旅行し、「パリの遊歩街《パサージュ》」の研究に着手する。	ハイデッガー『存在と時間』
二八	36	『ドイツ悲劇の根源』と『一方通交路』を出版する。 『ワイマール』を執筆する。 ショーレムよりエルサレム大学に招聘される。 年末から翌年にかけて、ベルリンでアーシャ＝ラツィスと同棲する。	ソ連の五ヵ年計画始まる。 パリ不戦条約
二九	37	妻ドーラとの離婚訴訟を始める。 ブレヒトと知り合う。 『シュルレアリスム』『プルーストのイメージ』などを執	世界恐慌おこる。 トロツキー、国外追放となる。

一九三〇	38	筆する。 3月、離婚が成立する。 母、死去する。 『ブレヒト注釈から』などを執筆する。 プルーストの『ゲルマント公爵夫人』の翻訳を出版する。 ブレヒトとともに雑誌「危機と批評」の刊行を計画する。	ロンドン軍縮会議 ヤング案発効。 第一回の英印円卓会議
三一	39	5月より翌年2月まで、『カール・クラウス』を執筆。 ニース近郊のジャン-レ-パンに滞在し、自殺を考える。 書簡集『ドイツの人びと』のもととなる書簡を発表しはじめる。 『写真小史』『破壊的性格』『蔵書の荷解きをする』『カフカ〝万里の長城がきずかれたとき〟』『叙事的演劇とは何か』（初稿）などを執筆する。	フーヴァー-モラトリアム 満州事件おこる。
三二	40	4～7月、イビサ島に滞在する。 7月、ニースで自殺を考えるが、思い止まる。 『ベルリン年代記』『ベルリンの幼年時代』『イビサ組曲』『日を浴びて』などを執筆する。	ドイツ総選挙で、ナチス党が第一党となる。 ハイゼンベルク、原子核の構造を解明。
三三	41	3月、パリに亡命する。 4～9月、イビサ島に滞在する。 フランクフルト社会研究所のメンバーとなる。 『模倣の能力について』などを執筆する。	ヒトラー、ドイツ首相となる。 ベルリンで第一回の焚書。 日本、国際連盟脱退。 ニューディール政策（～三六）

一九三四	42	6～10月、デンマーク、フィーン島スヴェンボルのブレヒトの許に滞在する。 11月から翌年春まで、イタリア、サンレモのドーラ＝ケルナーの許に滞在する。 「パリの遊歩街《パサージュ》」の研究を再開する。 『言語社会学の諸問題』『フランツ・カフカ』などを執筆。	ヒトラー、ドイツ総統兼首相となる。 ソ連、国際連盟加入。 中国共産党の長征。
三五	43	4月、パリに戻る。 『パリ――一九世紀の首都』『複製技術時代の芸術』などを執筆する。	ドイツ、再軍備宣言。
三六	44	7～9月、スヴェンボルに滞在する。 『ドイツの人びと』をデートレフ＝ホルツの筆名でスイスで出版する。 『物語作者』などを執筆する。	スペイン内戦始まる（～三九）。 モスクワ裁判始まる。 フランス人民戦線内閣成立。
三七	45	7～8月、サンレモに滞在する。 「エードゥアルト＝フックス、収集家と歴史家」を執筆。	日中戦争おこる。 日独伊三国防共協定
三八	46	前年末より初頭まで、サンレモに滞在する。 アドルノ、アメリカ亡命をすすめる。 「ボードレールにおける第二帝制期のパリ」を執筆するが、「社会研究時報」への掲載を拒否される。 6～10月、スヴェンボルに滞在する。	ミュンヘン会談 ドイツ、ズデーテン併合。 フランス人民戦線内閣崩壊。 「ガラス破片の夜」（ユダヤ人の迫害始まる）
三九	47	9～11月、戦争勃発後にヌヴェールの労働キャンプに収	スペイン内戦、終結。

		容される。 11月、釈放され、パリに戻る。	独ソ不可侵条約、締結。 第二次世界大戦、勃発。 ハーン、原子核の分裂現象を解明。 アインシュタイン、アメリカ大統領に原爆製造を進言。
一九四〇	48	6月、妹ドーラとともにルールドに逃れる。 8月、マルセイユに赴く。 9・26、ピレネー山脈を越え、スペインに入国しようとするが、ポル-ボウで入国を拒否される。その晩、大量のモルヒネを飲み、翌日死去する。	パリ、陥落。フランス、降伏。 プルトニウム、発見される。 日独伊三国軍事同盟

以上の年譜作成に際して、『ベンヤミン著作集』第14・15巻の巻末の年譜及び、野村修『ベンヤミンの生涯』のなかの年譜、Bernd Witte ; Walter Benjamin の巻末の年譜ほかを参照した。

参考文献

●ベンヤミンの著作の翻訳

『ベンヤミン著作集』　全15巻 ―― 晶文社　一九六九～八一
(1)『暴力批判論』　野村修他訳
(2)『複製技術時代の芸術』　田窪清秀他訳
(3)『言語と社会』　佐藤康彦訳
(4)『ドイツ・ロマン主義』　大峯顕他訳
(5)『ゲーテ、親和力』　高木久雄訳
(6)『ボードレール』　円子修平他訳
(7)『文学の危機』　佐藤康彦他訳
(8)『シュルレアリスム』　針生一郎他訳
(9)『ブレヒト』　石黒英男他訳
(10)『一方通交路』　山本雅昭他訳
(11)『都市の肖像』　藤川芳朗他訳
(12)『ベルリンの幼年時代』　小寺昭次郎訳
(13)『新しい天使』　野村修訳
(14)『書簡Ⅰ　1910―1928』　野村修訳
(15)『書簡Ⅱ　1929―1940』　野村修他訳

『ドイツ悲劇の根源』 川村二郎・三城満禧訳 —— 法政大学出版局 一九七五
『教育としての遊び』 丘澤静也訳 —— 晶文社 一九八一
『モスクワの冬』 藤川芳朗訳 —— 晶文社 一九八二
『ドイツの人びと』 丘澤静也訳 —— 晶文社 一九八四
『子どものための文化史』 小寺昭次郎・野村修訳 —— 晶文社 一九八八

●ベンヤミンの著作の原典

Walter Benjamin ; *Gesammelte Schriften*, hrsg. v. Rolf Tiedemann und Herman Schweppenhäuser, 7 Bde., Suhrkamp, 1972～89
Walter Benjamin ; *Briefe*, 2 Bde., hrsg. v. Gerschom Scholem und Theodor W. Adorno, edition suhrkamp, 1978

●ベンヤミンに関する参考文献

『ヴァルター・ベンヤミン』 アドルノ 大久保健治訳 —— 河出書房新社 一九七〇
「ヴァルター・ベンヤミン」(『暗い時代の人々』 H・アーレント 阿部斉訳、所収) 河出書房新社 一九七三
『ワルター・ベンヤミン、革命的批評に向けて』 テリー＝イーグルトン 今村仁司他訳 —— 勁草書房 一九八八
「ヴァルター・ベンヤミンの著作について」(『カリガリからヒトラーまで』 ジークフリート＝クラカウア 平井正訳、所収) —— せりか書房 一九七一
『ベンヤミンの憂鬱』 清水多吉 —— 筑摩書房 一九八四
『わが友ベンヤミン』 ゲルショム＝ショーレム 野村修訳 —— 晶文社 一九七八

「土星の徴しの下に」(『土星の徴しの下に』スーザン＝ソンタグ　富山太佳夫訳、所収)
―――― 晶文社　一九八二
『スヴェンボルの対話』　野村修 ―――― 平凡社　一九七一
『ベンヤミンの生涯』　野村修 ―――― 平凡社　一九七七
『希望の弁証法』　好村富士彦 ―――― 三一書房　一九七八
『ベンヤミンの肖像』　好村富士彦編訳 ―――― 西田書店　一九八四
Bernd Witte ; *Walter Benjamin*, rororo bildmonographien, Rowohlt, 1985
Materialien zu Benjamins Thesen ›Über den Begriff der Geschichte‹, hrsg. v. Peter Bulthaup, suhrkamp taschenbuch wissenschaft, 1975
Über Walter Benjamin, edition suhrkamp, 1968
Zur Aktualität Walter Benjamins, hrsg. v. Siegfried Unseld, suhrkamp taschenbuch, 1972
「ベンヤミン、遊歩の思想」(「現代思想」一九八五年5月号) ―――― 青土社　一九八五

●その他の参考文献

『古代ユダヤ教』　マックス＝ヴェーバー　内田芳明訳 ―――― みすず書房　一九六二
『ユダヤ神秘主義とフロイド』　ディヴィド＝バカン　岸田秀他訳 ―――― 紀伊国屋書店　一九七六
『夢判断』(『フロイト著作集』第2巻)　高橋義孝訳 ―――― 人文書院　一九六八
『資本論』第一巻 (『マルクス＝エンゲルス全集』第23巻) ―――― 大月書店　一九六五
『ドイツ青年運動』　ウォルター＝ラカー　西村稔訳 ―――― 人文書院　一九八五
『藝術家としての批評家』(『オスカー・ワイルド全集』Ⅳ)　西村孝次訳 ―――― 青土社　一九八一
『ポオ、ボードレール』(『筑摩世界文学体系』第37巻)　小川和夫・佐藤正彰他訳　筑摩書房　一九七三

『聖書』 日本聖書教会訳 —— 日本聖書教会
『マルクスからヘーゲルへ』 ジョージ＝リヒトハイム 小牧治他訳 —— 未来社 一九七六
G.W. F. Hegel ; *Vorlesungen über die Ästhetik I,* Werke in zwanzig, Bänden, Bd. 13, Suhrkamp, 1970
F. Schlegel ; *Kritische Schriften,* hrsg. v. Wolfdietrich Rasch Carl Hanser, 1970

さくいん

【人名】

【事　項】

ベンヤミン■人と思想88　　　　定価はカバーに表示

1990年7月15日　第1刷発行©
2014年9月10日　新装版第1刷発行©
2018年2月15日　新装版第2刷発行

・著　者　……………………………村上《むらかみ》　隆夫《たかお》
・発行者　……………………………野村久一郎
・印刷所　……………………………広研印刷株式会社
・発行所　……………………………株式会社　清水書院

〒102-0072　東京都千代田区飯田橋3-11-6
Tel・03(5213)7151～7
振替口座・00130-3-5283
http://www.shimizushoin.co.jp

検印省略
落丁本・乱丁本は
おとりかえします。

CenturyBooks

Printed in Japan
ISBN978-4-389-42088-8